Stefanie Taschinski

Die kleine Dame und der rote Prinz

Stefanie Taschinski

Die kleine Dame und der rote Prinz

Mit Bildern von Nina Dulleck

Arena

Für meine Eltern
Erika und Curt Taschinski

MIX
Papier aus verantwortungsvollen Quellen
FSC® C110508

4. Auflage 2014

Innen- und Einbandillustrationen: Nina Dulleck
Gesamtherstellung: Westermann Druck Zwickau GmbH
ISBN 978-3-401-06635-6

www.arena-verlag.de
Mitreden unter forum.arena-verlag.de

Wie ein Blitz

Es war ein trüber Mittwochnachmittag. Durch die Straßen blies ein nasskalter Wind und die goldene Brezel, die über dem Eingang des Brezelhauses hing, glänzte kein bisschen. Lilly zog ihre Mütze tief über die Ohren und schlüpfte aus dem Haus. War das ungemütlich! Wie hielt es die kleine Dame bei diesem Wetter nur in ihrem Zelt aus? Lilly wollte eben in den Torweg laufen, da hörte sie das Geräusch: *risch-risch, risch-risch*. Vorsichtig linste sie um die Ecke. Vor den Mülltonnen stand Herr Leberwurst, der Hausmeister, und fegte ein Häuflein zerrissener Mülltüten zusammen.

»Diebe!«, grunzte er. »Räuber!«

Was für Räuber?

In diesem Moment raschelte es hinter den Mülltonnen. Lilly konnte nicht sehen, was es war, aber Herr Leberwurst packte seinen Besen fester und stieß in die dunkle Nische hinein. Mit einem wilden Fauchen schoss etwas Rotes hervor, sprang durch die Stäbe des Tores und flüchtete in den Hinterhof. Nur für eine Sekunde blitzte ein buschiger roter Schwanz auf, dann war das Tier verschwunden.

Der Hausmeister fluchte. »Na warte! Du entkommst mir nicht!« Wütend machte er auf dem Absatz kehrt und fegte zwei links, zwei rechts auf Lilly zu! Sie konnte gerade noch ihre Nasenspitze zurückziehen und sich flach gegen die Hauswand pressen – da schlurfte die Leberwurst auch schon an ihr vorbei.

Er war so mit dem Räuber beschäftigt, dass er Lilly glatt übersah.

Mit pochendem Herzen rannte Lilly durch den Torweg in den Hinterhof. Was war das nur für ein Tier gewesen? Für einen Hund war es zu klein. Und gebellt hatte es auch nicht. Lilly war sich fast sicher, dass es eine Katze sein musste. Vielleicht hatte die Ärmste kein Zuhause mehr und suchte sich ihr Fressen nun im Müll. Lilly lief auf die Hecke zu. Im vorderen Teil des Hofs

»Ich hab es im Kletterbaum neben dem Zelt der kleinen Dame gefunden«, berichtete Karlchen. »Es lag in einem Nest. Und ich will es Mama zu Weihnachten schenken!«, fügte sie trotzig hinzu.

Lilly verstand sofort. Die Kette mit dem Anhänger war ein wundervolles Geschenk. »Aber wenn es Fees Medeijong ist . . .«, seufzte Karlchen, ». . . kann ich es Mama nicht schenken.«

Nee, das ging nicht.

Wenn es jemanden gab, der mit den kleinen und großen Geheimnissen des Hinterhofes vertraut war, dann war es die kleine Dame. Und als Chaka mit dieser äußerst merkwürdigen Knäckebrotecke in der grünen Schnauze zurückkam, zögerte die kleine Dame keine Sekunde: Sie zog ihre Schnürstiefel an und folgte dem Chamäleon nach draußen. Chaka führte sie zu einem Abschnitt der Hecke, der noch weit hinter der kleinen Mauer lag. Dort, getarnt vom Geflecht der Hecke lauerte die Falle mit geöffnetem Schlund. Chaka hatte den Köder mit seinem Schwanz durch das Gitter hinausbefördert.

Die kleine Dame betrachtete die Falle mit zusammengekniffenen Augen. »Oh wie hässlich!«, rief sie aus. »Wie gemein und hinterpupsig!« Sie stampfte mit dem Fuß auf. »Aber wir werden nicht tatenlos zusehen, wie Finn oder ein anderes Tierchen in diese Monsterfalle tapst.« Mit diesen Worten beugte sie sich zu der Falle hinunter, betätigte einen Hebel und mit einem scharfen Schnapp fiel die Falle zu.

»Was war das?«

Lilly erstarrte.

»Weiß nicht«, antwortete Karlchen. Die zwei kletterten gerade durch die Hecke, als das Klapp-Geräusch sie zusammenfahren ließ. Lilly fasste nach Karlchens Hand. »Komm, weiter!« Eilig zog sie ihre Schwester mit.

Auf der anderen Seite erwartete sie die kleine Dame.

»Hast du es gehört?«, fragte Lilly atemlos. »Leberwurst kommt!«

Die kleine Dame schüttelte besänftigend den Kopf. »Nein, nein, das war nicht Leberwurst. Das war die Falle, die er aufgestellt hat«, erklärte sie.

»Was für eine Falle?«, quietschte Karlchen.

Lilly schlug sich die Hand vor den Mund. »Das Paket! Die Falle war bestimmt in dem großen Paket, das Leberwurst vor ein paar Tagen bekommen hat!«

Die kleine Dame nickte. »Ein Original Leberwurst-Paket, nicht wahr?« Die Augen der kleinen Dame funkelten. »Aber ich habe sie bereits deaktipiert«, sagte sie zufrieden. »Und wollte gerade aufbrechen, um Finn zu warnen.«

»Wir wollen auch zu Finn«, sagte Lilly und sah zu Karlchen. Langsam streckte Karlchen ihre Hand aus und hielt sie der kleinen Dame hin. Für einen Moment betrachtete die kleine Dame die silberne Kette andächtig, dann schloss sie Karlchens Hand behutsam.

»Was so kleine Kletterhörnchen alles finden . . .«, staunte sie.

Im Backschuppen legte Karlchen den Anhänger mit der Kette vor Finn auf die alte Decke. Der Fuchs japste. »Fee . . .« Er berührte den silbernen Anhänger mit der Nase. Lilly sah sich im Schuppen um. Wo war nur die Laterne? Die kleine Dame bemerkte Lillys suchenden Blick.

»Die Laterne?«, flüsterte Lilly.

»Hab ich im Zelt vergessen!« Die kleine Dame hob bedauernd die Schultern. Unterdessen drehte und wendete Finn das Medaillon mit seinen Pfoten, beschnupperte es von allen Seiten. Karlchen ließ ihn nicht aus den Augen. »Meinst du echt, dass es der richtige Anhänger ist?«, fragte sie ungeduldig.

Doch Finn schien sie gar nicht zu hören. Vorsichtig klappte er den Anhänger auf. Eine winzige Duftwolke entstieg dem Schmuckstück. Der Fuchs schnupperte mit geschlossenen Augen. Es roch nach Fichtenwald und dem klaren Wasser der Tana.

»Es ist ihr Medaillon!«, rief er glücklich. Mit einem Mal war alle Traurigkeit aus der Stimme des Fuchses gewichen. »Ich hab's gefunden!«, jubelte er. »Ich hab's gefunden!«

Und obwohl Lilly und Karlchen ohne die Laterne kein Wort verstehen konnten, begriffen sie sofort.

In großen Sätzen sprang Finn durch die offene Tür des Bäckerschuppens ins Freie und tanzte übermütig durch den Schnee.

»Ich kann wieder nach Hause!«

Karlchen ließ den Kopf hängen.

»Es war so ein schönes Geschenk für Mama«, seufzte sie.

»Aber für Finn ist es das Geschenk seines Lebens!«, tröstete sie die kleine Dame und nahm Karlchens Hand.

Lilly schüttelte ungläubig den Kopf. »Die Wildgänse sollten es doch nach Afrika bringen! Wie kommt es da in unseren Hof?«

Die kleine Dame wandte sich an Finn und wiederholte die Frage auf Fuchsisch.

Finn kam heran.

»Ich werde es euch erzählen.«

Die kleine Dame übersetzte:

Nachdem der Gänseschwarm die Tana Richtung Süden verlassen hatte, brach auch ich auf, um Fees Medaillon zurückzuholen. Ich folgte den Gänsen, so gut ich konnte. Mal auf meinen vier Pfoten, mal auf der Ladefläche eines Lasters. Trotzdem, die Gänse waren viel, viel schneller als ich. Endlich, nach drei Monaten, erreichte ich Spanien. Doch die Wildgänse waren längst weitergezogen. Ich wollte eben auf die Fähre, die von Tarifa nach Afrika übersetzt, als ich im Hafenbecken eine einzelne Gans schwimmen sah. Sie erzählte mir, dass die Leitgans den silbernen Anhänger in einem Sturm über Hamburg verloren hatte. So kam ich wieder zurück in den Norden und suchte die Orte, wo die Wildgänse rasten. Ich fragte mich bis zu den Alsterschwänen durch. Sie hielten ihre Köpfe sehr hoch und schwammen davon, als sie mich kommen sahen.

»Die reden nicht mit jedem«, krächzte mich eine junge Elster kess von der Seite an.

Wir kamen ins Gespräch. Ich erzählte ihr von meiner Suche. Die Elster schlug aufgeregt mit den Flügeln. Eine entfernte Freundin der Cousine ihres Großonkels aus Altona hatte ihr von dem Anhänger erzählt. So fand ich schließlich den Hof des Brezelhauses . . .

Der Fuchs stockte.

Doch statt der Elster begegnete ich hier nur dem Besenmann! Ich dachte, ich wäre der falschen Spur gefolgt. Und ganz umsonst wieder in den Norden gekommen . . . Den Rest der Geschichte kennt ihr, schloss er seinen Bericht.

»Was für eine Salafari!«, sagte die kleine Dame bewundernd.

Der Fuchs sprang wieder von seinem Platz auf.

»Und morgen beim ersten Tageslicht breche ich auf und bringe Fee das Medaillon zurück!«

Ein Brief an Fee

Doch als die blasse Wintersonne am nächsten Morgen aufging, war die Welt eine andere.

Ungläubig lauschte Lilly der Stimme aus dem Küchenradio.

». . . durch ein mehrstündiges Schneetreiben in der vergangenen Nacht ist die Hansestadt vollständig eingeschneit. Der Elbtunnel bleibt in beiden Richtungen gesperrt.«

»Zum Glück müssen wir da nicht durch«, sagte Papa und trank einen Schluck Kaffee.

»Wie ist Mama denn überhaupt aus der Haustür gekommen?«, fragte Lilly.

»Du kennst doch unseren Hausmeister. Der Weg vor

dem Brezelhaus war natürlich tippitoppi geschippt – trotz der siebzig Zentimeter Neuschnee«, spöttelte Papa.

»Siebzig Zentimeter?«, staunte Lilly.

»Ich wette, Herr Leberwurst ist schon um vier Uhr aufgestanden, um alles zu räumen.«

Da knarzte es wieder im Radio.

»Noch eine wichtige Durchsage!«, fuhr der Sprecher fort. »Der Unterricht an allen Hamburger Schulen fällt heute wegen der Schneekatastrophe aus.«

Lilly sprang von ihrem Stuhl.

»Hurra! Wir haben schneefrei! Schneefrei!«

Doch im nächsten Moment hielt sie inne. Wenn so viel Schnee lag, dass sogar die Schule ausfiel, wie sollte Finn dann aus dem verschneiten Hinterhof rauskommen?

Die kleine Dame und Lilly brauchten für den Weg zum alten Backschuppen über eine Stunde. Zum Glück hatte die kleine Dame noch zwei Paar Schneeschuhe in ihrer Expeditionskiste gefunden. Denn der Schnee lag so hoch, dass er Lilly bis zum Bauch und der kleinen Dame sogar bis zur Nasenspitze reichte. Doch dank der breiten geflochtenen Schneeschuhe konnten sie auf dem Schnee gehen und versanken nicht.

Schließlich standen sie vor dem Backschuppen. Die Tür war bis zur Klinke eingeschneit. Die kleine Dame stellte ihre Laterne zur Seite und sie machten sich daran, den Eingang freizuschaufeln. Den ganzen Vormittag gruben sie, bis sie die Tür einen Spalt öffnen konnten. Die kleine Dame schob gerade die letzte Schicht

Schnee zur Seite, als die rot-weiße Schnauze des Fuchses auftauchte und Finn sich ins Freie kämpfte. Fassungslos stand er da und starrte die turmhohen Schneeberge an.

»Das ist nicht fair!«, rief er.

Wütend schnappte er nach dem Schnee und versuchte, die weiße Mauer zu erklimmen. Doch je heftiger er gegen den Schnee anrannte, desto tiefer versank er.

»Können wir denn gar nichts für ihn tun?«, fragte Lilly.

»Du meinst, den Schnee schmelzen und einem Fuchs Flügel wachsen lassen?«

So etwas in der Art hätte Lilly sich jetzt schon gewünscht. Doch die kleine Dame schüttelte den Kopf. »Nein, das kann ich nicht.«

Lilly überlegte fieberhaft.

»Und wenn wir ihm Schneeschuhe machen? So kleine, dass er gut darauf laufen kann?«

Die kleine Dame nickte. »Das könnte funkieren.« Sie überlegte. »Wenn es zur Tana nicht so weit wäre.«

Lilly sah zu Finn. Er stand auf den Hinterpfoten und blickte über die glitzernde Fläche, die ihm den Weg versperrte.

»Aber ich weiß etwas viel Besseres!«, lächelte die

kleine Dame und zog Stift und Papier aus ihrer Rocktasche. »Wir können Fee einen Brief schreiben. Dann weiß sie, dass Finn das Medaillon gefunden hat und bald zurückkommt.«

Ein Brief! Das konnte die Lösung sein, solange Finn hier im Hinterhof festsaß.

»Wie schickt man einen Brief an die Tana?«, wollte Lilly wissen. »Dort gibt es doch bestimmt keine Briefträger.«

»Keine mit Mütze und gelbem Fahrrad«, gab die kleine Dame zu. Dann legte sie den Kopf zurück und stieß ein sanftes Gurren aus. Der Fuchs spitzte die Ohren. Die kleine Dame gurrte zum zweiten Mal. Lilly überlegte noch, woran sie dieses Geräusch erinnerte, da hörte sie ein Flügelschlagen in der Luft. Eine braune und eine weiße Taube kamen herbeigeflogen. Gurrend begrüßten die Brezelhaustauben die kleine Dame und ließen sich oben auf dem Schornstein des Backschuppens nieder.

»Wenn du *wirklich* sichergehen willst, dass ein Brief ankommt, brauchst du ihn nur einer Taube mitzugeben«, sagte die kleine Dame. »Auf eine Taube ist immer Verlass.«

Sie wandte sich an Finn. »Was möchtest du Fee schreiben?«

An die Prinzessin der Silberfüchse!

Liebste Fee!
Ich habe Dein Medaillon gefunden! Doch nun hat ein großer Schneesturm alle Wege unpassierbar gemacht. Sobald Tauwetter einsetzt, breche ich auf. Bitte schick die Tauben zurück. Sie gehören in den Hof des Brezelhauses.

Dein Freund Finn – Prinz der Rotfüchse

Die Lebkuchenstadt

Seit dem Aufbruch der Tauben waren sechs Tage vergangen. Die kleine Dame hatte Finns Botschaft aufgeschrieben, das Papier eingerollt und in den winzigen Behälter geschoben, den die braun gefiederte Taube am rechten Bein trug.

»Gute Reise!«, wünschten sie den Tauben und winkten ihnen nach, als sie in den Himmel über dem Brezelhaus stiegen.

»Und kommt schnell zurück! Hört ihr?! Ganz schnell!«, rief Finn aufgeregt.

Nun war Lilly auf dem Weg zu Mamas Bäckerei. Sie wusste, dass es für die Rückkehr der Tauben noch viel

zu früh war. Die kleine Dame hatte gesagt, dass die Tauben für den Weg zur Tana hinauf und zurück nach Hamburg bestimmt eine ganze Woche brauchen würden. Und wer konnte vorhersagen, wie schnell sie die Silberfuchsprinzessin überhaupt fanden?

Trotzdem schweifte Lillys Blick alle naslang zum Himmel, ob nicht doch eine braune oder weiße Feder aus den grauen Wolken hervorblitzte.

Lilly lief weiter über den festgetretenen Schnee. Überall in der Straße waren die Fenster geschmückt: bunte Sterne, Lichterketten und Tannenzweige. Wie gerne wäre sie mit der kleinen Dame an den Fenstern entlanggebummelt.

Doch die kleine Dame passte auf Finn auf. Vorsichtshalber. Nach sechs langen Tagen und sechs endlosen Nächten war der Fuchs zu jeder Dummheit bereit. Der Prinz der Rotfüchse wollte nicht länger warten, sondern aufbrechen – und wenn er sich einen Tunnel durch den Schnee graben musste. Die kleine Dame spürte genau, dass Finn Hilfe brauchte, um die letzten Tage des Wartens durchzustehen. Und am Ende nicht doch noch in Leberwursts Falle zu landen.

Alle Tiere des Hinterhofs wussten über die tückische Falle Bescheid. Die kleine Dame hatte es dem Rotkehlchen am Futterhaus erzählt. Dieses plauderte in der Brombeerhecke mit zwei Spatzen und schon bald pfiffen sie es von den Dächern, bis es vom Marder bis zur kleinsten Kellermaus alle Tiere wussten.

Lilly bog in die Straße, in der Mamas Backstube lag. Der Duft von Honig und Zimt wehte ihr entgegen. Lilly war sich sicher, dass sie Mamas Backstube sogar mit verbundenen Augen gefunden hätte! Vor dem Schaufenster standen zwei Mütter mit ihren Kindern und bewunderten die Lebkuchenstadt, die Mama gebacken hatte.

»Da, sieh nur, die Kinder ziehen einen Schlitten!«, sagte das eine Mädchen und zeigte auf eine Gruppe kleiner Lebkuchenfiguren.

»Frau Bär versteckt jedes Jahr eine neue Figur in der Stadt«, sagte der Junge.

Lilly lächelte. Das stimmte. Jahr für Jahr kam eine neue Figur hinzu. Sie ging an den Kindern vorbei und betrat die Backstube. Im vergangenen Jahr war der Räuber Hotzenplotz durch die Lebkuchenstadt gezogen. Und in diesem Jahr? Lilly hatte noch gar keine neue

Figur in der Stadt entdeckt. Vielleicht hatte Mama sie vergessen, weil Papa krank geworden war und sie so viel um die Ohren hatte? Sie winkte Mama zu. Frau Bär stand hinter dem grünen Tresen und verpackte gerade zwei Mandel-Minz-Törtchen.

Lilly schlüpfte zwischen den Stehtischen hindurch zum Schaufenster. Vielleicht würde sie von dieser Seite aus die neue Figur entdecken.

Die Lebkuchenstadt bestand aus einer Straße. Einer ganz gewöhnlichen Straße, nur dass diese eben aus Lebkuchen war. Hoch und schlank reihten sich die Häuser eins ans andere. Einige hatten einen spitzen andere einen runden Giebel. Einige hatten Fenster aus Zuckerguss, bei anderen waren die Fensteröffnungen ausgeschnitten und hinter einem bunten Papier leuchtete ein Licht. Das dritte Haus auf der linken Seite hatte eine kleine goldene Brezel über der Eingangstür. Die Brezel hatte Karlchen aus Goldpapier für Mama ausgeschnitten.

Lilly hörte nicht, wie die Ladentür auf- und zuging. Vollkommen versunken stand sie da und betrachtete jedes Haus. Da saß eine Katze auf dem Dach. Unter der kleinen Brücke lief ein Schlittschuhläufer. Hatte Mama die Figur vielleicht in dem Gässchen hinter dem letzten Haus versteckt? Aber nein, dort entdeckte Lilly nur den dünnen Lebkuchenmann mit seinem Besen. Lilly verstand einfach nicht, was Herr Leberwurst in der Lebkuchenstadt zu schaffen hatte. Vermutlich Krümel fegen! Nun hatte sie jedes Haus und jede Figur betrachtet. Aber eine neue Figur war nicht dabei. Mama musste sie vergessen haben. Lilly wollte sich eben umdrehen, als ihr Blick an einer hauchzarten Zuckergusslinie hängen blieb. Die Linie lief direkt über die dunkelbraune Lebkuchenwand. Jetzt erkannte Lilly den Umriss eines Schirms und darunter eine kleine Gestalt mit Haarschnecken und feinen Stiefeln . . .

Lilly hielt die Luft an. Die kleine Dame war die neue Figur. Sie chamäleonisierte mitten in der Lebkuchenstadt!

»Lilly . . . Lilly!«, klang eine Stimme von weit her.

Lilly wandte sich um. Sie grinste von einem Ohr zum anderen. Mama zwinkerte ihr zu. Sie stand an der Waage und füllte vorsichtig Plätzchen in eine Tüte.

Lilly hüpfte zu ihr. »Ja?«

»Kannst du die mitnehmen?«, fragte Mama und stellte die Tüte auf den Tresen neben eine zweite Tüte. »Ich habe heute Morgen gesehen, dass unsere Keksdose leer ist.«

»Klaro!«

Mama nickte und reichte ihr die Tüten.

»Und für wen ist die andere?«, fragte Lilly.

»Für Herrn Leberwurst. Er hat sein Knäckebrot hier stehen lassen.«

Lilly stöhnte. »Ich soll Leberwursts Knäckebrot mitnehmen? Weißt du überhaupt, was er damit macht?«, fragte sie empört.

»Er isst es, nehme ich an.«

»Falsch! Er benutzt es als Köder für seine fiese Falle!«

Erst gluckste Mama, dann lachte sie los. »Das Knäckebrot als Köder«, kicherte sie. »Damit fängt er doch nie was! Sei ein Schatz und häng es ihm einfach an die Tür.«

Lilly konnte es nicht fassen. »Hast du schon vergessen, wie er dich und Papa fast vom Schlitten gefegt hat?«

Frau Bär schüttelte den Kopf. »Nein, hab ich nicht. Aber bald ist Weihnachten.«

Und wennschon! Lilly fand es unerträglich, zu Leberwursts Knäckebrotträgerin verdonnert zu werden. Am liebsten hätte sie die Tüte in der nächsten Mülltonne versenkt. Aber das ging natürlich nicht. Lilly wusste, dass man Brot nicht wegwerfen darf. Im Brezelhaus brachte sie es schnell hinter sich. Sie hängte die Tüte über den Türknauf der Hausmeisterwohnung und rannte dann, so schnell sie konnte, durchs Treppenhaus nach oben.

Papa und Karlchen saßen im Wohnzimmer und waren schwer beschäftigt. Karlchen prickelte mit einer dicken Nadel ein Schaf aus Goldpapier aus und Papa arbeitete seinen neuen Fahrradkatalog durch, als es an der Tür klingelte. Karlchen rührte sich nicht.

»Das wird Lilly sein«, sagte Papa und stand auf.

Er nahm Lilly die Tüte ab.

»Lass die Stiefel draußen«, sagte er und verschwand Richtung Küche. »Ich mach uns einen heißen Kakao.«

»Den brauch ich jetzt auch!«, erwiderte Lilly und schleuderte ihre Stiefel in die Ecke neben der Tür.

Im Wohnzimmer ließ sie sich aufs Sofa plumpsen.

»Pfffff«, machte sie und schüttelte den Kopf.

Karlchen sah von ihrem Schaf auf.

»Also echt, ich versteh Mama nicht«, sagte Lilly.

»Mäh?«, sagte Karlchen.

»Weißt du noch, letzte Woche wollte Mama doch noch Schnittchen aus der ollen Leberwurst machen!«

Karlchen nickte. »Mäh, mäh!«

»Und heute meint Mama auf einmal, wir sollten ein bisschen nett zu Herrn Leberwurst sein, nur weil bald Weihnachten ist und so. Dabei ist der nie nett zu uns!«

Papa kam ins Wohnzimmer. »Nett ist wirklich etwas anderes«, sagte er und stellte ein Tablett auf dem Tisch ab.

»Aber deshalb muss ich ihm noch lange nicht sein bescheuertes . . .«

Lilly starrte auf den Teller, der neben dem Krug auf dem Tablett stand. Der warme Kakao dampfte. Und auf dem Teller lagen drei rechteckige Knäckebrote mit Honig.

»So ein verflixter Obermist!«, rief Lilly heftig.

»Hohoho«, Papa hob besänftigend die Hand. »Knäckebrot mit Honig kann auch ganz lecker sein.«

Lilly sprang auf. »Aber ich hab die Tüten vertauscht!«

Sie rannte hinaus und sprang in ihre Stiefel. »Vielleicht hat Leberwurst die Tüte an seiner Tür ja noch nicht bemerkt!«

Doch als Lilly erneut vor der Hausmeisterwohnung stand, war die Tüte mit den Plätzchen weg.

Blinder Passagier

Die kleine Dame war hellwach. Trotz der frühen Stunde und klirrender Kälte trat sie aus dem Zelt und machte sich an ihre Wetterbeobachtung. Chaka, der verschlafen aus dem Miff blinzelte, verfolgte jeden ihrer Handgriffe. Die kleine Dame holte ihr Schneckometer und ihr Notizbuch hervor. Die gläserne Spirale leuchtete tiefblau.

»Unter zehn Sternen Frost!«, las sie ab und notierte sich den Wert. »Da wird der Schnee wohl noch ein Weilchen liegen bleiben!« Die kleine Dame beugte sich zu den Schneeschuhen. »Ich denke, wir sollten Finn zu Weihnachten einladen. Was hältst du davon?«

Chaka rührte sich nicht. Die kleine Dame schnallte sich die Schneeschuhe fest.

»Chaka?«, fragte sie noch einmal. »Die meisten Füchse haben eine wunderbare Stimme. Wir könnten ›O Tannenbaum‹ dreistimmig singen.«

Wieder blieb das Chamäleon die Antwort schuldig. Es hatte sich im Miff umgedreht und sah nun aus dem anderen Ende hervor.

Die kleine Dame folgte seinem Blick weit nach oben über die Dächer hinaus. Und dort, von Norden näherten sich zwei Vögel. Sie flogen dicht nebeneinander, der eine hatte braune, der andere weiße Federn. Sie segelten zwischen den Schornsteinen hindurch und landeten direkt auf dem Zelt der kleinen Dame. Es waren die Brezelhaustauben.

Die kleine Dame begrüßte sie aufs Allerherzlichste. Und als sie sah, wie die braune Taube mit ihrem Schnabel eine winzige Rolle aus ihrem Briefbehälter zupfte, schickte sie Chaka unverzüglich zu Lilly. Fees Brief mussten sie Finn gemeinsam überbringen!

Lilly hatte Gummiknie vor Aufregung. Fees Brief war da! Was Finn wohl sagen würde? Aber Lilly hatte nicht die Muße, lange darüber nachzudenken. Denn vor ihr schritt die kleine Dame munter und schwang die Laterne.

»Heute kommt ein schööner Brief«, sang sie. »Kommt mit guter Nachricht!«

Oh, wenn sie nur schon wüssten, was Fee geschrieben hatte! Lilly hielt es kaum noch aus. Endlich tauchte zwischen den Tannen der verschneite Backschuppen auf.

»Finn!«, rief die kleine Dame schon von Weitem. »Fihinn!«

Kein Mucks drang aus dem Schuppen. Kein Fuchs sah aus der Tür. Schwungvoll glitt die kleine Dame den Schneehang zum Schuppen hinunter. Lilly folgte ihr. Sie betraten den Schuppen.

»Finn?«, fragte Lilly in die Stille.

»Wir haben gute Nachricht!«, trällerte die kleine Dame.

»Er ist nicht da!«, stellte Lilly fest.

»Vielleicht ist er nicht hier«, erwiderte die kleine Dame. »Aber da ist er.«

Sie traten wieder ins Freie und genau in diesem Moment löste sich oben etwas Schnee und fiel auf Lillys Mütze. »Iiiih«, quietschte Lilly. Der Schnee sackte ihr in den Nacken. Sie schüttelte sich. Die kleine Dame lachte. Lachte sie Lilly aus? Nein, sie sah gar nicht zu Lilly, sondern zum Dach des Backschuppens. Lilly rieb sich die Augen. Oben auf dem Dach saß der Fuchs und hielt Ausschau.

»Finn, komm vom Dach!«, rief die kleine Dame dem Fuchs zu. »Du hast Post!«

Sie hatte den Satz kaum beendet, als Finn schon auf alle viere sprang.

»POST?!«

Für einen Moment vergaß der Prinz der Rotfüchse, dass er sich auf dem schmalen Dachfirst des Backschuppens befand.

»Ein Brief«, stammelte er, wedelte aufgeregt mit den Pfoten und rutschte wisch: das schneebedeckte Dach hinunter.

»Ich dachte mir schon, dass du es eilig haben würdest«, sagte die kleine Dame, als der Fuchs sich den Schnee aus dem Fell geschüttelt hatte. Sie hielt ihm die Briefrolle hin. Das Papier war mit einem silbernen Siegel verschlossen. Für eine Sekunde starrte Finn den Brief an, dann biss er das Siegel mit einem Happs auf. Der Brief entrollte sich.

»Was steht denn da?«, fragte Lilly, die nur geheimnisvolle Zeichen erkennen konnte.

Die kleine Dame zwirbelte an ihrer linken Haarschnecke und begann zu lesen:

Liebster Finn. Ich schreibe in großer Eile. Mein Schiff legt in wenigen Augenblicken ab. Aber ich will den Tauben eine Nachricht für Dich mitgeben, damit Du weißt, wann ich komme.

. . .

Die kleine Dame machte eine Pause.

»Sie kommt?«, fragte Lilly ungläubig. »Wann? Wo?«

Die kleine Dame las weiter:

. . .

Die Pekka Andersson trifft am 23. Dezember um 18.00 Uhr in Hamburg ein.

»Aber das ist ja schon heute Abend!«, hauchte Lilly.

»Allersphinx, allersphinx«, sagte die kleine Dame mit einem unergründlichen Lächeln. »Und ich weiß nicht einmal, ob ich noch genügend Tee für die Prinzessin habe.«

Tee? Wie konnte die kleine Dame jetzt an Tee denken? Die Silberfuchsprinzessin kam nach Hamburg!

»Wir müssen sie vom Hafen abholen!«, rief Lilly.

»Das werden wir«, nickte die kleine Dame und sah zu Finn. »Aber zuvor bedarf es noch einer winzig kleinen Schmuggelei.«

Herr Leberwurst war verstimmt. Als er die Fuchsfalle bestellt hatte, war er davon ausgegangen, dass er den Mülldieb innerhalb kürzester Zeit einfangen würde. Und was war geschehen? Tag für Tag kontrollierte er seine Falle – und sie blieb leer! Aber nicht nur die Tat-

BIO

sache, dass es mit der Fuchsjagd nicht voranging, ärgerte die Leberwurst. Sondern auch die weiße Tüte aus der Bäckerei. Er schnaufte missmutig. Seit über zehn Jahren kaufte er einmal die Woche exakt ein Paket Knäckebrot. Nicht Kekse, nicht Kuchen und auch kein Körnerbrot! Aber diese Frau Bär wusste offenbar nicht, was ihre besten Kunden kauften. Denn statt seines Knäckebrots hatte sie ihm höchst verdächtige Plätzchen an die Tür hängen lassen. Wenn er nicht so mit der Fuchsjagd beschäftigt gewesen wäre, hätte er die Tüte unverzüglich zurückgebracht. Aber man hatte schließlich noch andere Aufgaben. Das Schlimmste war der Geruch, der aus der Tüte stieg. Er war süßlich, und obwohl Herr Leberwurst die Tüte fest geschlossen hielt, breitete er sich in der ganzen Wohnung aus. Mitten in der Nacht war er aufgewacht und hatte sich mit seiner langen Nase in der Tüte wiedergefunden. Seine Finger kribbelten, und ehe er sich's versah, hatte er ein Plätzchen angeknabbert. War das gut! Nur mit allergrößter Anstrengung war es ihm gelungen, das Plätzchen zurückzustecken und die Tüte im dunkelsten Winkel seiner Besenkammer zu verstecken.

Lilly und Karlchen spielten den ganzen Nachmittag mit ihrem Schlitten im Hof. Lilly war das Pferd und Karlchen, die auf dem Schlitten saß, feuerte sie an, schneller zu laufen. Sie zogen ihre Runden direkt unter Leberwursts Balkon. Und genau wie es die kleine Dame vermutet hatte, dauerte es nicht lange, bis der Hausmeister durch das Tor gestürmt kam.

»Im Namen der Hausordnung!«, zeterte er. »Stopp!«

Wie verabredet, gehorchten Lilly und Karlchen sofort und hielten im Spiel an.

»Schönen guten Tag, Herr Leberwurst!« Lilly klimperte ihn an.

»Hallo, Herr Hausmeister!«, säuselte Karlchen.

»Wenn ihr nicht augenblicklich verschwindet, ist es die längste Zeit schön gewesen«, schimpfte er weiter. »Macht, dass ihr wegkommt!« Drohend beugte er sich zu den Kindern. An seinen Nasenhaaren hingen winzige Eiszapfen. Lilly fragte sich, wie die wohl dahingekommen waren.

»Aber unser Papa will, dass wir im Hof spielen«, erklärte sie. Das war nicht mal gelogen. Nachdem sie Papa gesagt hatten, dass sie auf keinen Fall rodeln wollten, hatte er sie hinters Haus geschickt.

»Dies ist kein Spielplatz!« Herrn Leberwurst platzte

der Kragen. Er stieß mit seinem Besen gegen den Schlitten.

»Sie können Papa gerne fragen. Er schmückt gerade unseren Weihnachtsbaum«, fuhr Lilly mit lieblichster Stimme fort.

»Wir müssen draußen bleiben, auch wenn uns kalt ist«, fügte Karlchen hinzu.

Herr Leberwurst schmatzte. Irgendwo in seinem Mund schmeckte es immer noch nach diesem Plätzchen! Er musterte die Kinder.

»In einer halben Stunde will ich euch hier nicht mehr sehen!«, sagte er und fegte zwei links, zwei rechts zurück zum Tor.

»Er ist weg!«, krähte Karlchen, als er verschwunden war. Lilly sah dem Hausmeister verwirrt hinterher. So einfach hatte sie sich das nicht vorgestellt. War Herr Leberwurst etwa krank?

Hinter der Hecke erklang ein Pfeifen. Zweimal kurz, einmal lang. Das hieß: Alles klar? Lilly pfiff zurück. Einmal lang. Das hieß: Ja! In der Hecke knisterte es und die Schirmspitze der kleinen Dame tauchte zwischen den Zweigen auf. Unauffällig zog Lilly den Schlitten so, dass sie die Hecke verdeckte. Die kleine

Dame und der Fuchs stiegen aus der Hecke. Finn duckte sich tief in den Schnee. Unruhig blickte er sich um. Auch die kleine Dame hatte nicht vor, entdeckt zu werden. Flugs spannte sie ihren Schirm auf und chamäleonisierte auf der Stelle. Finn wich zurück. Wo war die kleine Dame? Eben hatte sie doch noch vor ihm gestanden.

»Ich bin auf dem Schlitten«, rief sie leise und blinzelte ihm aufmunternd zu. Erst da entdeckte er die glitzernde Gestalt auf dem Holzschlitten. Die kleine Dame klopfte auf den Platz vor sich. Finn holte tief Luft, sprang mit einem Satz unter den Schirm und zum ersten Mal in seinem Rotfuchsleben hatte er ein schneeweißes Fell. Lilly und Karlchen fassten das Seil und zogen den Schlitten schnell aus dem Hof. Herr Leberwurst, der in dieser Minute einen Kontrollblick aus dem Fenster warf, sah, dass die Gören endlich aus seinem Hof verschwanden. Dass noch jemand auf dem Schlitten saß, bemerkte er nicht.

Es war ein seltsamer Zug, der da durch die verschneiten Straßen zur Elbe steuerte. Zwei Mädchen zogen einen leeren Schlitten. Aber war er wirklich leer? Hätte nur einer der großen Herren und Damen genauer hingesehen, wäre ihnen aufgefallen, wie tief die Kufen im Schnee versanken. Nur ein kleines Mädchen bemerkte, dass der Schlitten feine Schlangenlinien fuhr. Nur sie bemerkte die kleine Gestalt und den weißen Fuchs unter dem Schirm. Für einen Moment blieb sie stehen und sah ihnen mit großen Augen nach. Dann lief sie schnell zu ihrer Oma, die an diesem Abend auf sie aufpasste.

Während der ganzen Fahrt wechselten die kleine Dame, Lilly und Karlchen kein Wort. Jede hing ihren Gedanken nach.

Am stillsten jedoch war der Prinz der Rotfüchse. Regungslos hockte Finn auf dem Schlitten und atmete kaum. Konnte es wirklich sein, was in dem Brief stand? Kam Fee zu ihm?

Eine Viertelstunde später erreichten sie den Elbstrand. Die Glocke der Ansgarkirche schlug sechsmal. Der Hafen war hell erleuchtet. Auch am 23. Dezember standen die Kräne nicht still. Tonnenschwere Container schwebten in der Luft wie bunte Bauklötze, bevor sie an Deck der Schiffe aufgestapelt wurden. Der Strand war menschenleer und auf dem Fluss schoben sich knirschend dicke Eisschollen übereinander.

GETRÄNKEMARKT

Ein großes Schiff näherte sich dem Hafen.

»Ist das nicht die schwedische Fahne?«, wisperte Lilly und zeigte auf die blau-gelbe Flagge, die neben der Brücke gehisst war.

»Das ist sie«, bestätigte die kleine Dame.

Finn lief aufgeregt den Strand auf und ab. Langsam kam das Schiff näher und der Name wurde sichtbar.

»Ist es die Pekka? Ist sie es?«, wollte Karlchen wissen.

Das Schiff tauchte in den Lichtschein des Hafens ein und nun konnte Lilly den Schriftzug lesen: »Pekka Andersson!«

»Sobald das Schiff angelegt hat, holen wir die Prinzessin von Bord«, sagte die kleine Dame zufrieden. In diesem Moment hörten sie Finn nach Luft schnappen. Dann stürmte der Rotfuchs nach vorne auf den Fluss zu.

Aus einer Luke im unteren Bereich der Schiffswand blitzte etwas Weißes. Im nächsten Moment löste es sich von dem Schiff und sprang auf eine der Eisschollen.

»Fee«, flüsterte Lilly. »Das ist Fee!«

In großen Sprüngen setzte die Silberfüchsin über die Eisschollen aufs Ufer zu. Am Saum des Flusses, wo sich die Eisschollen auftürmten, trafen sich die zwei Füchse wieder.

»Sie stupst ihn mit der Nase an«, sagte Karlchen zu Lilly. Lilly nickte lächelnd. Und dann sahen sie zu, wie zwei Füchse über den Strand rannten. Ein roter und ein weißer Fuchs, die sich balgten, tanzten und in die Luft sprangen, bis ihre Pfoten den Boden nicht mehr berührten.

Gefangen

Am nächsten Morgen schlief Lilly lange. Sie wachte erst auf, als es an der Haustür klingelte. Gähnend kletterte sie die Leiter hinunter und rannte zur Tür. Es war Papa.

»Ich kann die Spitze nicht finden!«, sagte er und kratzte sich am Kinn.

»Welche Spitze?«, fragte Lilly.

»Die Weihnachtsbaumspitze! Ich hab schon den ganzen Keller auf den Kopf gestellt, aber sie ist wie vom Erdboden verschluckt.«

Weihnachtsbaumspitze! Lillys Herz klopfte schneller. Heute war ja Weihnachten!

»Vielleicht kann ich uns etwas basteln. Ich hab da

noch einen sehr schönen Fahrradlenker gefunden – fast wie neu«, sagte er.

Lilly unterdrückte ein Kichern. »Super, Papsi«, rief sie. »Dann haben wir einen klingelnden Weihnachtsbaum!« Sie hüpfte zurück ins Kinderzimmer. Karlchens Bett war leer. Lilly fiel ein, dass Mama sie mit in die Bäckerei genommen hatte. Heute, am Heiligabend, hatte die Backstube nur vormittags geöffnet. Bis zum Mittagessen hatte Lilly also frei. Sie konnte tun und lassen, was sie wollte – und natürlich wollte sie zur kleinen Dame. Sie brannte darauf, alles über die abenteuerliche Reise der Silberfuchsprinzessin zu erfahren. Denn als sie am Vorabend endlich wieder beim Brezelhaus angekommen waren, stiefelte Papa bereits durch den Hof und suchte sie. Obwohl Ferien waren, bestand Papa darauf, dass sie reinkamen. Da half nichts. Sie winkten der kleinen Dame, Fee und Finn zu, dann zog Papa sie mit.

Finn war der glücklichste Fuchs auf der ganzen Welt. Fee war gekommen! Sie war als blinde Passagierin auf dem Schiff von Lappland über die Ostsee gefahren, hatte den Nordostseekanal durchquert und war bis nach Hamburg gelangt. Zu ihm! Den ganzen Sommer über hatte er gebangt, seine Freundin nie wiederzusehen. Und nun ging sie neben ihm durch den Schnee. An ihrem Hals glänzte das silberne Medaillon. Sie lachte.

»Lass uns laufen«, hatte sie gesagt. »In unserem Versteck auf dem Schiff dürfen wir uns drei Tage lang nicht rühren.«

Also liefen sie, sprangen durch den tiefen Schnee, der unter der alten Weide lag. Finn lief vorweg und bahnte ihnen den Weg. Er fühlte sich stark. Sein buschiger roter Schwanz tanzte fröhlich durch die Luft. Immer wieder drehte er sich um und wollte sehen, ob Fee noch bei ihm war. So strichen sie die Hecke entlang. Plötzlich blieb die Silberfüchsin stehen, hob den Kopf und nahm Witterung auf.

»Was ist das?«, fragte sie neugierig.

Auch Finn konnte es riechen. Es kam aus der Hecke.

»Das haben wir gleich«, rief er und folgte dem Geruch. Finn lief das Wasser im Maul zusammen. So etwas Köstliches hatte er in seinem ganzen Fuchsleben noch nicht gerochen. Der Duft schien direkt aus der Hecke zu kommen. Finn spähte in das Geäst.

»Ich schau mal nach«, sagte er und schob sich in das Dickicht hinein. Die Zweige stachen nach ihm, als wollten sie ihn zurückhalten, aber Finn machte sich klein und kroch weiter. Er war so von dem Duft betört, dass er die Metallstäbe, die sich links und rechts zwischen den Zweigen verbargen, nicht bemerkte. Er kroch noch ein letztes Stück voran und da, vor ihm auf dem Boden, lag ein rundes Plätzchen. Finn fragte sich, ob er die geheime Vorratskammer eines Eichhörnchens entdeckt hatte, da quietschte es über ihm. Er schaute nach oben und der Schreck durchfuhr ihn kalt. Direkt über seinem Kopf hing ein Gitter aus Metall. Finn wollte sich mit einem Sprung retten, doch in diesem Moment schnappte die Falle zu.

»Finn!«, rief Fee erschrocken. »Finn!?«

Die Silberfüchsin streckte ihren schmalen Kopf in die Hecke. Wütend kämpfte Finn mit der Klappe der Falle. Doch das Schloss war fest eingerastet.

»Die Falle des Besenmanns!«, ächzte Finn und sah Fee verzweifelt an. »Lauf weg!«

Keine halbe Stunde später kletterte Lilly vollkommen ahnungslos aus der Hecke und lief zum Zelt der kleinen Dame. Jetzt würde sie alles über Fees Reise erfahren! Während sie die letzten Schritte auf die alte Weide zuging, überlegte sie, wie lange die Füchse wohl noch im Hinterhof des Brezelhauses bleiben würden. Denn eins war sicher: Finn wollte bestimmt bald mit Fee an die Tana zurückkehren.

In diesem Augenblick begann im Zelt der kleinen Dame der Wasserkessel zu pfeifen. Lilly trat ein. Die kleine Dame nahm den Kessel vom Feuer und goss das heiße Wasser in die Teekanne. »Eure Prinzlichkeiten!«, flötete sie, ohne sich umzudrehen. »Der Tee ist bereitet!«

»Ich bin es, kleine Dame. Guten Morgen!«, sagte Lilly.

Die kleine Dame sah erstaunt auf. »Geten Mergen,

Lelle! De kemmst gerede rechteg«, erwiderte sie und ein zartes gelbes Flimmern umhüllte ihren feinen Tropenhelm. Sie stellte die Teekanne ab und kam zum Zelteingang. »Fihinn, Fehee, der Tehee!«, rief die kleine Dame hinaus. »Die zwei wollten sich nur ein wenig die Pfoten vertreten«, erklärte sie Lilly und sah aus dem Zelt. Auch Lilly blickte sich um. Doch von den Füchsen war nichts zu sehen.

»Seltwürdig«, sagte die kleine Dame, trat vor das Zelt und hob ihre Haarschnecken von den Ohren, um besser zu hören. Doch nicht ein Blatt raschelte, nicht ein Fenster klapperte und nicht ein Vogel sang. Die kleine Dame runzelte die Stirn. »Hier stimmt etwas nicht«, raunte sie Lilly zu. »Hier stimmt etwas znag und rag nicht!«

»Vielleicht sind sie zum Backschuppen gelaufen und Finn zeigt Fee sein Versteck«, vermutete Lilly. »Da können sie dich nicht hören.«

Doch die kleine Dame schüttelte den Kopf. »Bei meiner großen Zehe, wenn sie bloß nicht in Leberwursts Falle gegangen sind!«

Bei dem bloßen Gedanken wurde Lilly ganz blass um die Nase. »Aber wir haben ihn doch gewarnt!«, widersprach sie.

Die kleine Dame eilte zurück ins Zelt. »Chaka, hopp, hopp!«, rief sie, griff den Schirm und ließ das Chamäleon hineinschlüpfen. Ohne ein weiteres Wort stürmte sie los und hastete die Hecke entlang. Lilly rannte ihr hinterher. Sie hatten die Stelle, wo die Falle versteckt war, fast erreicht, als die kleine Dame innehielt. Sie schnupperte. »Riechst du es auch? Es riecht gar nicht mehr nach Knäckebrot.«

Oh, Lilly kannte diesen Duft. »Nein, das sind Mamas Weihnachtsplätzchen!« Sie schluckte. Was hatte das zu bedeuten?

Die kleine Dame und Lilly hockten sich vor die Hecke und bogen die Zweige auseinander. Dort, wo die Falle gestanden hatte, gähnte ein Loch. Die Falle war weg! Lilly lief ein Schauer über den Rücken. »Er hat sie gefangen«, flüsterte sie.

Die kleine Dame stand auf und rückte ihren Tropenhelm zurecht. »Dieser widerborstige Jägermeister!« Sie stemmte die Hände in die Hüften. »Aber diese Fuchsjagd ist noch nicht entschieden!«, sagte sie mit blitzenden Augen.

»Was können wir denn tun?«, fragte Lilly. »Wir wissen ja nicht einmal, wohin er sie gebracht hat.«

Herr Leberwurst hatte sich keine große Mühe gemacht, seine Spuren zu verwischen. Zu herrlich war sein Triumph, als er den roten Pelz in seiner Falle entdeckt hatte. Er hatte den Mülldieb gefangen. Und nicht nur den! Als der Hausmeister die Falle aus der Hecke gezogen hatte, war ein zweiter Fuchs aus dem Gestrüpp gesprungen! Er war etwas kleiner und hatte weißes Fell. Wütend war der weiße Fuchs auf ihn losgegangen und hatte nach ihm gebissen. Doch Herrn Leberwurst war es tatsächlich gelungen, das Tier am Schwanz zu packen und in seinen Sack zu stopfen. Nun hatte es sich ein für alle Mal ausgeräubert. Hochzufrieden schleppte er Sack und Käfig zum Kellerniedergang. Bis jemand von der Schädlingsbekämpfung kam, um die beiden Streuner abzuholen, wollte Herr Leberwurst sie in seinem Kellerkabuff einsperren. Er schloss die Tür sorgfältig ab und setzte sich auf einen Hocker davor.

Die Schleifspur, die der Sack im Schnee hinterlassen hatte, führte die kleine Dame und Lilly direkt in den Keller. Sie schlichen die Stufen hinunter. Lillys Atem ging schnell. Die kleine Dame hielt ihren Schirm bereit. Hinter der Tür ertönte ein Schnaufen. Lilly erstarrte.

Das Schnaufen wurde lauter und mündete in einem Schnarcher.

»Leberwurst«, flüsterte die kleine Dame und schob die Kellertür ein Stückchen auf. Lilly dachte an den gruseligen Keller. Am liebsten wäre sie weggelaufen. Aber sie konnte die kleine Dame, Chaka, Finn und Fee nicht im Stich lassen. Bis zum Mittelgang des Kellers waren es nur wenige Schritte. Die kleine Dame ging voraus. Vorsichtig tasteten sie sich durch die Dunkelheit bis zu dem Mauervorsprung, der in den Hauptgang mündete. Es roch muffig und feucht. Aber Lilly roch auch noch etwas anderes. Etwas Süßes. Unwillkürlich schloss Lilly die Augen. Ein lauter Schnarcher ließ sie zusammenfahren.

»Jetzt«, raunte die kleine Dame und auf ihr Zeichen blickten sie um die Ecke. Den Kopf weit nach hinten gelehnt, saß Herr Leberwurst vor seinem Kellerkabuff und schlief mit offenem Mund. In seinen Händen hielt er eine weiße Tüte. Lilly erkannte sie sofort. Es war die Tüte aus Mamas Bäckerei!

»Er hat die Plätzchen als Köder benutzt«, wisperte Lilly.

»Hm, hm«, machte die kleine Dame und trat einen Schritt nach vorn. Die Nase des Hausmeisters bebte. Er konnte jeden Moment aufwachen. Unerschrocken pirschte die kleine Dame sich weiter an, bis sie zwischen den Holzlatten des Verschlags hindurchsehen konnte. Im spärlichen Licht der Glühbirne war der Umriss einer großen Kiste zu erkennen. Daneben lag ein zugeknoteter Sack.

Lilly fragte sich eben, wie sie die Leberwurst von seinem Wachposten weglocken sollten, als die kleine Dame noch einen Schritt auf den Hausmeister zu machte. Was hatte sie vor? Da zupfte die kleine Dame Leberwurst schon die Tüte aus den Händen und war mit drei Schritten wieder bei Lilly.

»Hast du Finn und Fee gesehen?«, fragte Lilly leise.

»Er hält sie in seinem Verschlag gefangen«, nickte die kleine Dame.

»Wenn wir ihn nur irgendwie aus dem Keller locken könnten!«, sagte Lilly. »Ich könnte nach oben laufen und bei ihm klingeln«, schlug sie vor.

Die kleine Dame hielt die Tüte mit den Weihnachtsplätzchen hoch und lächelte.

»Wir werden ihn mit seinen eigenen Waffen schlagen.«

»Mit welchen Waffen?« Lilly verstand nicht, was die kleine Dame meinte.

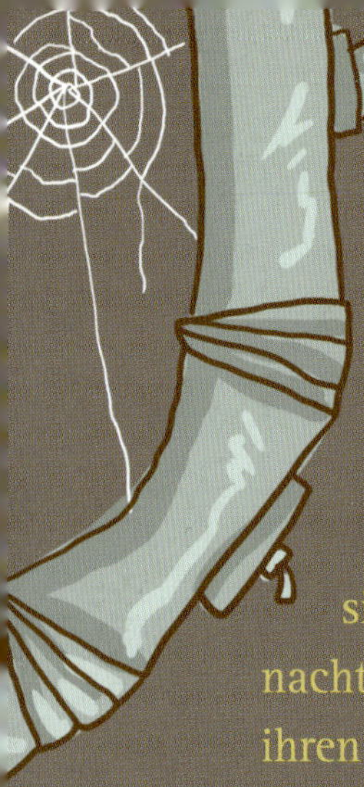

»Wir locken ihn mit den Plätzchen raus«, kicherte die kleine Dame.

»Leberwurst isst doch nur Knäckebrot!«, widersprach Lilly.

»Möglich, aber ich habe das Gefühl, dass er sich insgeheim alle zehn Finger nach diesen Weihnachtsplätzchen leckt.« Die kleine Dame erklärte Lilly ihren Plan: Zunächst sollte Chaka dem schlafenden

Hausmeister die Schlüssel aus der Kitteltasche stiebitzen. Lillys Aufgabe bestand darin, mit den Plätzchen eine Spur vom Mittelgang bis nach draußen in den Hinterhof zu legen. So weit, so gut. Der Plan hatte nur einen Haken.

»Aber wie bekommen wir Herrn Leberwurst dazu, der Keksspur zu folgen? Ich meine, wenn er uns sieht, riecht er doch sofort den Braten!«

Die kleine Dame nahm ein Plätzchen aus der Tüte. »Keine Sorge!«, sagte sie beruhigend. »Er wird nur Plätzchen riechen!«

Geräuschlos bereiteten sie die Befreiung der Füchse vor. Chaka angelte mit seinem Schwanz den Schlüsselbund aus Leberwursts Tasche und Lilly legte die Plätzchenspur. Dann war die kleine Dame an der Reihe. Auf Zehenspitzen tippelte sie zu dem schlafenden Hausmeister. Wieder stieß er einen markerschütternden Schnarcher aus. Doch die kleine Dame wartete nur, bis er zu Ende gegrunzt hatte, dann steckte sie ihm *schwupps* das Plätzchen in den offenen Mund. Der Hausmeister schmatzte.

Für einen Moment fürchtete Lilly, er würde den Keks wieder ausspucken. Stattdessen riss er die Augen auf und rappelte sich hoch.

»Wasch ischt hier losch?«, krächzte er mit vollem Mund und sah sich wütend um.

»Guten Appetito, der Herr«, wünschte die kleine Dame und schenkte ihm ihr feinstes Lächeln. Lilly wich einen Schritt zurück. Was hatte die kleine Dame sich nur dabei gedacht, den Hausmeister zu wecken?

»Schrumpfliii . . . Schrumpfff«, setzte der Leberwurst an, konnte aber nicht weitersprechen. Er musste kauen und schmecken. Etwas war in seinem Mund. Etwas Süßes, herrlich Knuspriges. Es war ein ganzes Plätzchen! Herr Leberwurst schmatzte und schluckte. Das Weihnachtsplätzchen ergriff vollkommen Besitz von ihm. Er wollte mehr! Und wahrhaftig, seine Nase meldete ihm, dass direkt vor ihm auf dem Boden noch so ein herrliches Plätzchen lag. Gierig griff er zu und stopfte es sich in den Mund. Ein Glücksgefühl, wie er es noch nie gefühlt hatte, breitete sich in ihm aus. Im Weihnachtsplätzchenrausch taumelte der Hausmeister den Gang hinunter und sammelte eines nach dem anderen auf.

Ganz leise schob Lilly die Tür hinter ihm zu und drehte den Schlüssel um. »Den sind wir los!«, strahlte sie.

Die kleine Dame klatschte in die Hände. »Schmackissimo!«, rief sie begeistert. »Und nun lass uns die Füchse befreien!«

Im Handumdrehen hatten sie das Schloss zu Leberwursts Verschlag aufgeschlossen. Lilly band den Sack auf und die kleine Dame entsicherte die Klappe der Falle. Auf wackeligen Beinen, aber unversehrt, standen Finn und Fee vor ihnen.

»Kommt«, drängte Lilly.

Sie nahmen den Rotfuchs und die Silberfüchsin in ihre Mitte und verließen den Keller, noch bevor Herr Leberwurst sein letztes Plätzchen gegessen hatte. So gelang ihnen die Flucht.

Abschied

Vom Hafen ertönte das tiefe Horn eines Schiffes. Lilly achtete nicht darauf. Zielstrebig lief sie in den Torweg, um die Füchse so schnell wie möglich zum Zelt der kleinen Dame zu bringen. Sie hatte das Tor schon geöffnet, als die kleine Dame »Warte!« rief.

Lilly drehte sich um. Fee und Finn standen mit gespitzten Ohren am anderen Ende des Torwegs. Wieder erklang das Tuten.

»Was ist?«, fragte Lilly.

Ihr war gar nicht wohl dabei, im Torweg stehen zubleiben.

Die Leberwurst konnte jeden Moment auftauchen! Fee sagte etwas zur kleinen Dame und zeigte mit ihrer hellen Schnauze die Straße hinunter. Aber ohne die Laterne konnte Lilly sie nicht verstehen.

»Sie fragen, ob wir sie zum Hafen begleiten. Die Pekka legt in einer halben Stunde ab«, übersetzte die kleine Dame.

Lilly ließ die Klinke los. »Sie wollen fahren? Jetzt? Aber Fee ist doch gerade erst angekommen!«, stammelte sie.

Die kleine Dame kam zu ihr. »Sie wollen zurück zur Tana«, sagte sie sanft. »Und wenn sie dieses Schiff nicht nehmen, müssen sie einen ganzen Monat warten, bis das nächste fährt.«

Lilly sah zu Finn, der nicht von Fees Seite wich. Einen ganzen Sommer lang hatte der Prinz der Rotfüchse nach ihrem Medaillon gesucht, und ausgerechnet als er es gefunden hatte, tapste er in Leberwursts Falle. Lilly verstand gut, weshalb die Füchse nach Hause wollten – aber der Abschied fiel ihr schwer.

Die kleine Dame ließ Chaka in den Schirm klettern und chamäleonisierte. »Darf ich bitten?«, wandte sie sich auf Fuchsisch an Finn und Fee. Die beiden Füchse schlüpften links und rechts neben sie unter den Schirm und liefen von den Pfoten bis zu den feinen Barthaaren mörtelgrau an. Am helllichten Tag mit zwei Füchsen durch die Stadt zu spazieren, war selbst der kleinen Dame zu gewagt.

So kamen sie unten an den Elbstrand. Das Eis auf dem Fluss glänzte und auf den Holzpfählen, die aus dem Wasser ragten, hockten Möwen mit aufgeplustertem Gefieder.

Lilly entdeckte die Pekka Andersson sofort.

»Sie läuft schon aus!«

Finn und Fee, die kleine Dame und Lilly sahen dem großen Schiff zu, wie es langsam von der Kaianlage ablegte. Die kleine Dame klappte den Schirm zu und beugte sich zu den Füchsen.

»Gute Reise!«, sagte sie. »Und schickt uns eine Nachricht, sobald ihr angekommen seid.«

Die Füchse nickten und Finn sagte noch etwas. Lilly hatte das Gefühl, dass es etwas Wichtiges war. Doch bevor sie die kleine Dame danach fragen konnte, standen die Füchse vor ihr. Zum ersten Mal seit sie den Rotfuchs gesehen hatte, streichelte sie behutsam über sein Fell.

»Leb wohl Finn!«, flüsterte sie. Der Fuchs stupste sie an. Auch Fee gab ihr noch einen kleinen Stups mit ih-

rer Schnauze. Dann sprangen sie über den Strand davon.

»Tschüss«, rief Lilly. »Auf Wiedersehen!«

Die Füchse liefen, ohne sich umzudrehen. Schon hatten sie den Fluss erreicht und setzten mit eleganten Sprüngen von Eisscholle zu Eisscholle. Unterdessen hatte die Pekka Andersson ihre Drehung vollendet. Den Bug voran lag sie im Fluss. Ein kleines Boot ging längsseits, um den Lotsen an Bord zu lassen. Während der Elblotse die Strickleiter hochkletterte, sprangen Fee und Finn durch eine geöffnete Luke in das Schiff.

Der Prinz und die Prinzessin fuhren nach Hause.

Leberwursts Lächeln

Lilly und die kleine Dame sahen der Pekka Andersson nach, bis das Schiff am Horizont verschwunden war. Dann machten sie sich auf den Rückweg.

»Sie werden mir fehlen«, seufzte Lilly.

Die kleine Dame lächelte geheimnisvoll und holte einen winzigen Umschlag aus ihrer Tasche.

»Von Finn und Fee«, sagte sie und reichte Lilly den Brief.

»Für mich?«, fragte Lilly und nahm vorsichtig das feine Blatt heraus. Der Brief war auf Fuchsisch geschrieben.

»Liest du ihn mir vor?«

Gespannt hielt sie ihn der kleinen Dame hin.

Der Prinz der Rotfüchse und die Prinzessin der Silberfüchse geben sich die Ehre, die kleine Dame und ihre Freundin Lilly mit ihrer hochverehrten Familie an die Tana einzuladen.
Mit königlichen Grüßen, Finn & Fee.

»Sie laden mich zur Tana ein? Uns alle?« Lilly konnte es kaum glauben.

Die kleine Dame nickte. »So steht es hier. Es ist natürlich sehr weit zur Tana. So eine große Salafari muss selbstverplemplich gut vorbereitet werden.«

»Oh, ja!«, rief Lilly und griff nach dem Schlitten. »Das muss ich sofort Karlchen erzählen!«

Sie sah auf ihre Uhr. Viertel vor eins. Gleich würde Mama ihre Backstube schließen.

»Komm, wir holen Mama und Karlchen ab«, schlug sie vor. Vor der Tür der Bäckerei trafen sie Papa Bär, der noch einen Liter Milch besorgen wollte. Er drückte die Tür auf und mit einem hellen Bimmeln traten sie ein.

Am Tresen stand Herr Leberwurst!

Ehe der Hausmeister sie entdecken konnte, huschten Lilly und die kleine Dame unter die Stehtische. Herr

Bär nickte seiner Frau zu. Mama stand hinter dem Tresen und Karlchen, die auf einen kleinen Hocker gestiegen war, neben ihr. »Ein Paket Knäckebrot?«, fragte Mama. Die Leberwurst wackelte mit dem Kopf.

»Grmhmpf.«

»Wie bitte?«, fragte Mama nach.

Lilly verstand nicht, wie sie die Leberwurst so freundlich bedienen konnte. Herr Leberwurst bückte sich, sodass seine große Nase fast den Tresen berührte. Sein Gesicht spiegelte sich im Glas. Unruhig blickte er hin und her, von rechts nach links, von oben nach unten.

»Er sucht etwas«, flüsterte die kleine Dame.

Aber was? Mama hatte das Knäckebrot doch gut sichtbar auf den Tresen gestellt.

»D. . . di. . . die P. . . Plätzchen, b. . . b. . . bitte«, stieß Herr Leberwurst hervor.

Hatte Lilly sich verhört? Oder hatte Leberwurst gerade Bitte gesagt?

Mama nahm die silberne Zange. »Hundert Gramm?«

»Ja, g. . . gerne. B. . . bitte, Frau Bär«, stammelte er.

Mama legte die Plätzchen auf die Waage und Karlchen reichte ihr eine der feinen weißen Tüten.

»Das wär alles?«, fragte Mama und stellte die Tüte neben das Knäckebrot.

Herr Leberwurst nickte und zahlte.

»Fröhliche Weihnachten!«, sagte er und nahm seine Sachen.

»Ihnen auch, Herr Leberwurst«, lächelte Mama.

Papa hustete.

Karlchen fiel beinahe vom Hocker.

Lilly schnitt eine Grimasse.

Die kleine Dame aber klopfte ihr Safarikostüm aus und kam aus ihrem Versteck. Herr Leberwurst drehte sich zur Tür und blickte in drei verdutzte Gesichter.

»Fröhliche Weihnachten«, wünschte er noch einmal und dann verzog sich sein Mund zu einem herrlich schiefen Lächeln!

»Ihnen auch!«, sagte die kleine Dame. »Und nicht alle Plätzchen auf einmal verdrücken! Das gibt Bauchweh!«

Der Hausmeister verließ den Laden. Für einen Moment war es still, dann redeten und lachten sie alle durcheinander.

»Ich glaub, ich spinne!«, rief Lilly.

»Ist Leberwurst krank?«, fragte Karlchen.

»Er hat tatsächlich gelächelt?« Papa schüttelte verwundert den Kopf.

Die kleine Dame schaute zu Mama und zog ihren

Tropenhelm. »Chapeau, Madame! Du hast aus der Leberwurst einen Lebkuchen gemacht!«

Mama nahm ihre Schürze ab. »Ach«, winkte sie ab. »Ich glaube, das war ein kleines Weihnachtswunder.«

Lilly lachte. »Und was für eins!«

So machten sie das Licht aus, schlossen die Bäckerei ab und gingen alle zusammen zum Brezelhaus, wo der geschmückte Weihnachtsbaum sie bereits erwartete.

hatte sich eine große Pfütze gebildet. Die Bäume reckten ihre nackten Zweige in den grauen Himmel. Keine schöne Zeit, um hier draußen herumzustreunen. Wenn sich die Katze ihr Versteck doch nur auf der geheimen Seite des Hinterhofs suchen würde! Dort wäre sie vor Leberwurst sicher.

Während Lilly zwischen den Zweigen der Hecke abtauchte, wartete die kleine Dame in ihrem Zelt.

»Wo sie nur bleibt?«, fragte sie und legte ihren Stift zur Seite. Chaka, der es sich neben dem Ofen gemütlich gemacht hatte, öffnete ein Auge.

»Ob sie noch Schlauarbeiten macht?«, überlegte die kleine Dame und sah wieder auf die Zeichnung, die vor ihr auf dem Tisch lag. Es war der Bauplan für ein feines, dreistöckiges Vogelhäuschen, das sie gemeinsam mit Lilly bauen wollte.

Die kleine Dame ging an das runde Zeltfenster. Aber von Lilly war nicht die allerkleinste Spur zu sehen.

»Seltwürdig, seltwürdig.« Die kleine Dame drehte sich wieder zu Chaka, der still und leise das blaue Blümchenmuster des Ohrensessels angenommen hatte.

»Es juckt in meiner großen Zehe!«, sagte sie und setzte ihren Tropenhelm auf. »Du weißt, was das be-

deutet. Ich glaube, wir sollten einmal nach ihr schauen!«

Widerstrebend gab Chaka sein warmes Plätzchen auf und huschte den Sessel herunter. Die kleine Dame pustete das Licht in der silbernen Laterne aus, die auf ihrem Tisch stand, und öffnete den Zelteingang.

Genau in diesem Augenblick kletterte Lilly aus der Hecke und schüttelte sich. »Iiiieh! Alles nass!« Sie wischte sich die Hände an der Hose ab.

»Huhu, Lilly!«, rief die kleine Dame.

Lilly schob die Zweige der Weide auseinander und lief zum Zelt hinüber. »Hallo, kleine Dame! Hallo, Chaka!«

Die kleine Dame hielt den Eingang auf und Lilly trat ein. Hier war es wunderbar warm. Denn in den vergangenen Wochen hatte die kleine Dame ihr Zelt winterfest gemacht: Sie hatte den Boden mit Holz ausgelegt und in der Mitte des Zelts bullerte ein kleiner Ofen.

»Ich dachte schon, Herr Leberwurst hätte dich mit seinem Besen beiseitegefegt«, sagte die kleine Dame.

»Nee, mich nicht.« Lilly zog ihre Jacke aus. »Aber die rote Katze.«

Die kleine Dame sah sie überrascht an.

»Felidae rubicundus? In unserem Hof?«

»Feli-was?«, wiederholte Lilly.

»Wie rot war die Katze denn?«, fragte die kleine Dame neugierig. »Feuerrot? Klatschmohnrot? Oder eher wie Tomatenketchup?«

Lilly versuchte sich zu erinnern. Sie hatte das Tier ja nur für ein paar Sekunden gesehen.

»Ich weiß nicht genau«, sagte sie. »Ein bisschen wie . . . ein Blumentopf. So einer aus Ton.«

»Ah, Terrapotta«, nickte die kleine Dame mit Kennermiene.

»Und sie war ziemlich schmutzig«, erzählte Lilly weiter. »Aber sie hat sich ja auch hinter den Mülltonnen versteckt.«

»Ach?«, machte die kleine Dame und betrachtete den Bauplan des Futterhäuschens.

»Vermutlich ist die Katze ja nur auf der Durchreise«, überlegte sie und fügte dem Plan ein paar Linien hinzu. Lilly schaute ihr über die Schulter. Die kleine Dame verlängerte die Hölzer, auf denen das Häuschen stand, um das Doppelte. »So ist es besser. Wir wollen ja ein Futterhäuschen für die Vögel bauen und keinen Katzenimbiss.«

Während die kleine Dame und Lilly den ganzen Nach mittag vergnügt an dem Vogelhäuschen zimmerten, kauerte gar nicht weit von ihnen entfernt ein rotes Tier und lauschte mit gespitzten Ohren dem Sägen und Klopfen.

Pfefferkuchen und Sandalen

Dong. Dong. Dong. Lilly schlug die Augen auf. War es schon Morgen? War Mama schon im Bad? Lilly tastete nach ihrem Taschenwecker. Halb eins? Es war ja noch mitten in der Nacht! Unter sich hörte sie Karlchens Atemzüge. Aber sie hatte noch etwas anderes gehört. Es war vom Hof gekommen. Leise krabbelte sie die Leiter des Etagenbettes hinunter und trat ans Fenster. Obwohl es stockfinster war, konnte Lilly es erkennen: Jemand stand im Hof in der Pfütze und fuchtelte wild mit einer Taschenlampe. Lilly duckte sich. Da entdeckte sie den Besen! Der gehörte Herrn Leberwurst! Was um alles in der Welt hatte der nachts im Hof verloren?

»Ich hab einen Schlitten«, rief Karlchen putzmunter von unten.

Lilly zog sich die Decke über den Kopf. Schlafen! Sie wollte schlafen. Das Bett ruckelte und Karlchen stand oben auf der Leiter.

»Und wasch hascht du?«, fragte sie mit vollem Mund.

»Mmmrrr«, knurrte Lilly.

Die Nacht war so kurz gewesen. Sie hatte einfach nicht wieder einschlafen können, nachdem sie den Hausmeister im Hof entdeckt hatte.

Die ganze Nacht hatte sie sich den Kopf zerbrochen, was er wohl dieses Mal ausheckte. Karlchen schlüpfte zu Lilly unter die warme Decke und sah sich Lillys Adventskalender an. Auf dem Bild war eine Stadt im Schnee zu sehen. Einige Kinder hatten einen Schneemann gebaut. Karlchens Kalender zeigte einen Wald mit Weihnachtsmann. Beide Kalender waren mit Glit-

zer bestreut und wunderschön. Normalerweise machte Karlchen ihren Kalender morgens immer zusammen mit Papa auf. Aber an diesem Morgen hatte Mama sie geweckt.

»Papa ist krank«, sagte Karlchen zu Lilly.

»Was?«

Lilly blinzelte. Papa war doch nie krank! Er war robust und stark wie ein echter Bär.

»Mama sagt, das kommt von dem vielen Buchhalten und den Bestellungen«, erklärte Karlchen munter. »Aber sie hat ihm schon einen Tee gemacht. Und morgen kann er bestimmt wieder Rad fahren.«

Lilly streckte sich und gähnte. »Geht Mama heute nicht in die Backstube?«, fragte sie.

Karlchen nickte. »Doch! Deshalb müssen wir auch gut mitmachen.«

Karlchen sah wieder auf den Kalender.

»Da ist die fünfzehn«, zeigte sie. »Machst du sie noch schnell auf?«

»Meinetwegen«, gab Lilly nach. Aus dem kleinen Fach hinter der Tür fiel ihr eine schokoladige Schneeflocke direkt in die Hand.

In der Küche duftete es nach gebrannten Mandeln. Mama telefonierte. »Ja, Frau Schnacksel. Ja. Die Mandeln sind fast fertig.«

Frau Schnacksel war Mamas Kollegin in der Backstube.

Heute, das wusste Lilly, wollte Mama die Pfefferkuchenherzen backen. Die Leute kamen aus dem ganzen Viertel, um Mamas Pfefferkuchenherzen zu kaufen. Denn selbst wenn es regnete und stürmte – ein Biss in Mamas Pfefferkuchen rief die schönsten Weihnachtserinnerungen hervor und weckte längst vergessen geglaubte Festtags-Vorfreude.

Lilly und Karlchen saßen am Küchentisch und mummelten ihr Rosinenbrot.

»Keine Sorge, ich bin in einer Viertelstunde da«, verabschiedete sich Mama und drehte sich zu den Mädchen um. »Meine Großen«, sagte Mama und füllte die goldbraunen Mandeln in eine Dose. »Papa kann heute

nicht aufstehen und ich muss in die Backstube.« Sie legte beiden einen Arm um die Schulter.

»Wir schaffen das«, versprach Lilly.

»Ich kann schon allein Zähne putzen«, verkündete Karlchen. Frau Bär lächelte ihre Töchter an. Die zwei waren mindestens so gelungen wie die Zimtsahneröllchen, die sie gestern zubereitet hatte.

»Ich weiß«, sagte sie. »Ich versuche auch, so früh wie möglich nach Hause zu kommen.«

Für einen Moment saßen die drei einfach zusammen. Dann fiel Mamas Blick auf die Uhr. Sieben Uhr fünfunddreißig!

»Ich muss Papa ja noch seine Medizin hinstellen!«, rief sie und sprang auf.

»Wir sind echt große Mädchen«, sagte Karlchen stolz.

Lilly nickte und kaute auf ihrem letzten Stück Brot. Langsam dämmerte ihr, was es bedeutete, groß zu sein. Wenn Mama arbeitete und Papa sich in seiner Bärenhöhle gesund schlafen musste, konnte sie gar nicht zur kleinen Dame. Dabei wollte sie ihr doch berichten, was sie nachts beobachtet hatte. Doch bis Mama nach Hause kam, war es bestimmt zu spät. »Ja, supergroß«, seufzte Lilly.

Aber das hörte das andere große Mädchen schon nicht mehr.

Karlchen war auf dem Weg ins Kinderzimmer, um sich ganz allein anzuziehen.

Als Lilly vom Zähneputzen aus dem Bad kam, hatte Karlchen ihr Kunststück vollbracht: Über dem geringelten Sommerrock hatte sie ihren pinken Kapuzenpullover gezogen. Dazu trug sie ihre Lieblings-Tupfen-Strumpfhose und Sandalen. Ja, Sandalen!

»So kannst du nicht rausgehen, Karlchen!« Lilly schüttelte den Kopf. »Es regnet!«

Karlchen reckte das Kinn und nahm ihre Jacke. »Mama hat nichts gesagt«, grinste sie zufrieden.

In diesem Moment kam Mama aus dem Schlafzimmer und zog die Tür behutsam zu.

»Vanilleschoten nachbestellen, Schokolade raspeln. Zimtstangen mahlen«, murmelte sie gedankenverloren vor sich hin. »Bist du so weit?«, fragte sie Karlchen, ohne sie richtig anzuschauen. Lilly wollte gerade etwas sagen, da traf sie Karlchens verschwörerischer Blick und sie hielt den Mund.

Mama nahm Karlchen an die Hand. »Bis heute Abend«, sagte sie und strich Lilly über den Kopf.

»Tschüss, Mama.«

»Tschüssi, Lilly!« Karlchen blinkerte ihrer Schwester zu und verschwand mit einem übermütigen Hüpfer durch die Tür.

Die kleine Dame saß draußen auf dem Fensterbrett des Kinderzimmers und baumelte mit den Beinen. Auf ihrem Schoß lag der zusammengeklappte Schirm. Chaka war so tief hineingekrochen, dass gerade noch seine grüne Schwanzspitze heraussah.

Ganz in der Nähe knarzte ein Fenster. Jemand schnüffelte. Ein Stuhl wurde gerückt. Blitzschnell griff die kleine Dame ihren Schirm und chamäleonisierte. Von einer Sekunde zur nächsten lief sie so silbergrau an wie die regennasse Fensterscheibe, vor der sie saß. Keinen Moment zu früh! Denn schon richteten sich die zwei dunklen Augen des Fernglases auf das Kinderzimmerfenster der Familie Bär. Herr Leberwurst hatte seinen Balkon in einen Hochsitz umgewandelt und beobachtete wie ein Jäger den ganzen Hof. Er würde den Mülldieb schon aufspüren!

Bevor Lilly in die Schule ging, musste sie noch ihre Sachkundehausaufgabe zu Ende machen. Die grüne Mappe lag auf dem Schreibtisch vor dem Fenster. Lilly

gähnte und schlug die Mappe auf, als jemand gegen die Scheibe klopfte. Eine schimmernde Gestalt winkte ihr zu. »Kleine Dame! Komm rein.«

Lilly öffnete das Fenster.

Die kleine Dame klappte ihren Schirm zusammen und nahm Chaka auf den Arm. Das Chamäleon bibberte.

»Der Fegerich hat Posten auf seinem Balkon bezo-

gen«, flüsterte die kleine Dame empört. »Mit seiner Fernbrille kann er in jeden Winkel glotzen!«

In Lillys Kopf ratterte es. »Letzte Nacht war er auch im Hof! Ich hab ihn gesehen, wie er herumgeschlichen ist.«

Die kleine Dame nickte grimmig. »Das kann nur eines bedeuten: Die rote Katze ist noch in unserem Hof.«

»Und Leberwurst macht Jagd auf sie«, fügte Lilly hinzu.

»Dabei wollte ich doch erst wieder chamäleonisieren, wenn Chakas Miff da ist«, sagte die kleine Dame. »Sieh ihn dir an. Ganz durchgefroren ist er.«

»Sein Miff?«, fragte Lilly.

»Ich habe ihn schon vor Wochen bestellt. Ein tausendjähriges Chamäleon muss man schön warm halten, sonst holt es sich eine Verschnupfung!«

Lilly dachte an Papa. Wenn er krank war, sah er auch aus, als sei er tausend Jahre alt.

»Warte«, sagte Lilly und öffnete ihre Sockenschublade. »Ich glaube, ich habe etwas für Chaka.« Sie hielt der kleinen Dame eine dicke blaue Wollsocke hin. Die kleine Dame strich bewundernd über die dicke Wolle.

»Ist die schön«, sagte sie und ließ das Chamäleon hineinkriechen. Unterdessen hatte Chaka Lillys Sachkundemappe entdeckt. Er beugte sich neugierig darüber.

»Meine Hausaufgaben«, stöhnte Lilly. »Ich hab sie gestern Abend nicht mehr fertig bekommen.«

Die kleine Dame sah sich die Aufgabe an. »Das ist ja ein Rätsel!«

»Hm, ein Kreuzworträtsel.«

»Und dir fehlt nur noch ein Wort!«

»Das Waldtier mit fünf Buchstaben«, bestätigte Lilly.

»Aha soso, was macht der Floh?«, sagte die kleine Dame. Sie trat in die Mitte des Zimmers, schlug ein Rad und rief: »Dachs.«

Ja, DACHS hatte fünf Buchstaben und der vierte war ein H. Lilly wollte es schon eintragen, da machte die kleine Dame Handstand und sang: »Luchs.«

Auch richtig! Was sollte Lilly nun eintragen? DACHS oder LUCHS? Die kleine Dame begann zu kreiseln. Sie drehte sich einmal, zweimal, dreimal um die eigene Achse, dann sah sie Lilly mit funkelnden Augen an und flüsterte: »Fuchs!«

Ein Stückchen rotes Fell

Du rufst Herrn Leberwurst an und redest mit ihm, bis ich bei der kleinen Dame bin«, erklärte Lilly und drückte Karlchen das Telefon in die Hand.

»Aber was soll ich ihm sagen?«, fragte Karlchen verzagt.

Lilly zog ihren Anorak über. »Erzähl ihm etwas über Eskimos.« Sie machte die Haustür auf. »Und wenn Papa aufwacht, sagst du ihm, dass ich gleich wieder da bin.« Karlchen griff nach Lillys Hand. »Und du kommst bestimmt in einer Stunde wieder?«

»Ehrenwort!« Lilly zeigte auf ihre Armbanduhr. »Wenn der kleine Zeiger auf der Fünf und der große Zeiger auf der Zwölf ist, bin ich wieder da.«

»Wenn der kleine Zeiger auf der Fünf ist«, wiederholte Karlchen.

Lilly lächelte ihr zu. »Und was ist unser Zeichen?«

»Der Pfiff!«, flüsterte Karlchen aufgeregt. »Wenn du pfeifst, ruf ich Leberwurst an.«

»Genau«, nickte Lilly und tippte auf das Telefon. »Die Nummer ist schon gewählt, du brauchst nur diese Taste zu drücken.«

Karlchen verdrehte die Augen. »Ich bin doch kein Baby mehr. Ich kann schon telefonisieren!«

»Dann warte auf meinen Pfiff«, sagte Lilly und schlüpfte hinaus in den Flur.

Es war ein komisches Gefühl, Karlchen so allein in der Wohnung zu lassen. Gut, Papa war da, aber der schlief sich schon seit heute Morgen gesund und war nur kurz aufgewacht, als Lilly mit Karlchen nach Hause gekommen war. Seitdem hatte Lilly alles probiert: Sie hatten fünfmal Memory gespielt, sie hatte Karlchens Lieblingsmärchen, das Waldhaus, vorgelesen und sie hatten gemeinsam Kassette gehört. Trotzdem war dieser Nachmittag zäh wie Kaugummi und Lilly konnte nicht aufhören, an die kleine Dame zu denken, die für die Tiere im Hof etwas vorbereitet hatte. Sehnsüchtig hatte sie aus dem Kinderzimmer-

fenster in den Hof geträumt. Zwischen den Zweigen der alten Weide war silberner Rauch aufgestiegen und da hatte Lilly überlegt, ob Karlchen nicht auch groß genug war, um ein Stündchen allein zu bleiben. Sie hatte mit Karlchen gerade alles besprochen, als Herr Leberwurst in den Hof gefegt kam. So ein Pech! Solange die Leberwurst im Hof war, konnte Lilly nicht durch. Also musste Karlchen ihn anrufen, um ihn so aus dem Hinterhof locken.

Lilly hatte sich in der Nische unter der Treppe versteckt. Sie pfiff einmal. Aber sie war so aufgeregt, dass es nur ein ganz leises Pfeifen wurde. Beim zweiten Versuch klappte es besser. Der Pfiff schallte laut durchs Treppenhaus. Nun konnte sie nur hoffen, dass ihr Plan aufging.

Durch die alten Mauern des Brezelhauses hörte sie das Bimmeln des Telefons. Es kam direkt aus der Hausmeisterwohnung und nur wenige Augenblicke später hörte Lilly, wie die Haustür geöffnet wurde. *Risch-risch*. Der Besen wurde in der Ecke abgestellt und Leberwurst ging in seine Wohnung. Der Weg zur kleinen Dame war frei!

Am Himmel riss zum ersten Mal seit Tagen die Wolkendecke auf und die Sonnenstrahlen fielen direkt auf die goldene Brezel, die über dem Eingang des Hauses hing. Lilly blinzelte nach oben. Nach all den grauen Tagen funkelte die Brezel heute wie neu. Lilly holte tief Luft. Es roch auch ganz anders: kälter und ein bisschen nach Schnee. Leichtfüßig sprang Lilly durch den Torweg. Jammerschade für die Leberwurst, dass sie sein »Kinder-verboten«-Schild zufällig übersah und einfach weiterlief. Lilly rannte nur so zum Spaß direkt am Rand der Pfütze entlang, dass das Wasser an ihren Gummistiefeln hochspritzte. Außer Atem erreichte sie die Hecke. Sie war schon bis zu den Schultern im Dickicht verschwunden, als sie sich noch mal umdrehte.

Da hing etwas.

Etwas Rotes.

Lilly fischte es von einem Zweig.

Es war ein Büschel roter Haare!

Die kleine Dame stand neben dem neuen Vogelhäuschen und streute eine Handvoll Sonnenblumenkerne in die dritte Etage.

»Fira dia Misan«, sagte sie und blickte zu Chaka, der

es sich in der untersten Etage bequem gemacht hatte. Das Chamäleon zuckte die Schultern und verfärbte sich in sattem Lila.

»Für die Meisen – ach, das war wohl zu einfach«, überlegte die kleine Dame. Grübelnd griff sie in die Tasche ihres Safarikostüms und zog einen Apfel hervor. »Aber weißt du auch, was das ist?« Sie hängte den Apfel auf. »Kolto Kümülü kechen kona Kaukausnaussau.«

Chaka tippte sich mit dem Vorderfuß gegen die Schnauze und gähnte. Wenn's weiter nichts war. Dann lief er nacheinander rot, grün, gelb, orange und blau an.

Lilly, die aus der Hecke gekrabbelt kam, sah mit großen Augen zu und vergaß das kleine rote Büschel, das sie eben gefunden hatte.

»Was macht Chaka denn da? Und was hast du gesagt, kleine Dame?«

»Na, kalte Kamele kochen keine Kokosnüsse«, sagte die kleine Dame.

»Ist das ein Zauberspruch?«, wollte Lilly wissen.

»Nein! Wir frischen bloß unser Spektralzisch auf«, erklärte die kleine Dame. »Es ist wirklich ganz schrecklich eingerostet. Und jetzt in der dunklen Jahreszeit kann man gar nicht genug bunte Worte haben.«

»Bunte Worte?«

»Hm.« Die kleine Dame öffnete ihre Umhängetasche und nahm eine bedruckte Papiertüte heraus.

»Morgens, wenn es noch ganz düster ist, wünsche ich mir eine kleine Prise Gelb.« Sie ließ ein Häuflein Brotkrumen aus der Tüte in ihre Hand rieseln und reichte sie Lilly.

»Sennenstrehl, Mendenscheen, Sternenfenkeln«, fuhr sie fort. Während Lilly sich ein paar Krümel nahm und sie im Vogelhaus verteilte, begann Chaka im allerreizendsten Sonnenblumengelb zu leuchten.

»Oh!«, staunte Lilly.

»Manchmal träume ich auch von einer grünen Sommerwiese«, sagte die kleine Dame und zeigte auf die braunen Stoppeln zu ihren Füßen. »Aber jetzt schläft das Grün ja tief unten in den Wurzeln der Pflanzen.«

»Kannst du die Blumen etwa wieder grün machen?«

Lilly wusste, dass die kleine Dame eine wahre Pflanzenforscherin war, die alle Blumen, auch die unscheinbaren, gern hatte.

»Nün, nün! Üch lüss dü Blümün schlüfün.« Die kleine Dame schüttelte sich. »Ich meine, nein, ich lass die Blumen schlafen. Ich kenne nur so manche Buchstaben, die können leuchten wie die Farben des Regenbogens.«

»Ist Spektral. . . zisch so etwas wie Rückwärtzisch? Kann ich es vielleicht auch lernen?«, fragte Lilly hoffnungsvoll. Rückwärtzisch hatte sie den ganzen Sommer geübt und inzwischen konnte sie es lesen und schreiben – nur mit dem Sprechen klappte es noch nicht. Die kleine Dame ließ die letzten Krümel auf den Boden fallen.

»Spektralzisch ist viel einfacher«, flüsterte sie. »Jeder Buchstabe leuchtet in seiner eigenen Farbe: Das Ü leuchtet grün. Das E macht alles gelb. Das O strahlt rot und ein schönes IA taucht alles in zartestes Lila.«

Lilly zog die Stirn kraus.

»Du meinst wie Leuchtbuchstaben in der Reklame?«

»Nicht ganz«, erwiderte die kleine Dame. »Das Besondere an Spektralzisch ist, dass jedes Wort nur eine Farbe haben darf. Sonst klappt es nicht.«

Wenn es wirklich so einfach war, wollte Lilly am

liebsten sofort damit anfangen, Spektralzisch zu lernen.

Doch da fühlte sie wieder das kleine Büschel, das sie in die Hosentasche gesteckt hatte, und holte es heraus. »Sieh mal, was ich in der Hecke gefunden habe!«

Die kleine Dame nahm das rote Büschel. »Hier im Brezelhaushof?«

»Es hing in der Hecke, gleich vorne an unserem Durchschlupf«, erzählte Lilly.

Die kleine Dame schnupperte daran. »Seltwürdig. Ich rieche Blaubeeren und ein bisschen Müffelmief.«

Lilly nahm das Büschel und hielt es sich unter die Nase. Ja, es roch nach Tier. Aber Blaubeeren? Und Müffelmief?

»Es ist rot«, hielt die kleine Dame fest. »Ich meine sogar terrapottarot und es riecht so, als hätte es in Fegerichs Mülltonnen ein Bad genommen.«

»Du meinst . . .?«, fragte Lilly aufgeregt.

Die kleine Dame trommelte gegen ihren Tropenhelm. »Es könnte von der roten Katze sein, die du gesehen hast!« Sie hielt inne. »Aber . . .«

»Aber es sind keine Katzenhaare«, beendete Lilly den Satz. Die kleine Dame blinzelte Lilly an. »Nein, das sind keine Katzenhaare.« Die kleine Dame trat an das Vogel-

häuschen und hielt Chaka das rote Büschel unter die Schnauze. »Könntest du bitte eine Kostprobe nehmen«, bat die kleine Dame.

Das Chamäleon schnupperte und zeigte mit seinem Schwanz auf Lilly.

»Ja«, bestätigte die kleine Dame. »Lilly hat es hier in unserer Hecke gefunden.«

Nun zupfte Chaka ein Stückchen von dem Büschel ab und begann zu kauen.

»Kann Chaka etwa schmecken, was für ein Tier es ist?«, staunte Lilly.

»Nun, jemand der sich seit tausend Jahren durch die Wildnis futtert, hat gewiss das ein oder andere gekostet«, antwortete die kleine Dame.

Das Chamäleon hatte den Kopf schief gelegt und die Augen geschlossen. Dann schluckte es und schlug die Augen wieder auf. Seine Zunge schnellte hervor und schrieb ein Wort mit fünf Buchstaben in die Luft:

»F. . . u. . . c. . . h. . . s«, las die kleine Dame. »Hm, dachte ich's mir doch.«

»Fuchs? Was für ein Fuchs?«, wollte Lilly wissen.

Die kleine Dame setzte ihren Rucksack wieder auf. »Es gibt niemanden, der Blaubeeren so liebt wie ein Fuchs«, sagte sie.

Lilly starrte auf das rote Büschel. »Das soll Fuchsfell sein? Aber wie? Ich meine: Ist hier im Hof ein Fuchs?«

Die kleine Dame und Chaka nickten einmütig.

»Füchse leben doch im Wald und nicht mitten in Hamburg!«, hielt Lilly ihnen entgegen.

Die kleine Dame klatschte in die Hände. »Selbstverplemplich gibt es Füchse in der Stadt! Deshalb heißen sie ja auch *Stadtfüchse.«* Sie zwinkerte Lilly zu. »Das wird eine Salafari, wie du sie noch nie erlebt hast!«

Das Nest

Ohne Lilly war es doch viel langweiliger, als Karlchen gedacht hatte. Sie hätte so gerne Hund mit ihr gespielt oder wenigstens Tierarzt. Ein Weilchen hatte sie Bella, ihre Stoffhündin, allein verbunden. Aber auch Bella merkte, wenn Lilly nicht da war, und spielte nicht so schön mit wie sonst. So war Karlchen in die Küche gelaufen und hatte dort auf die Uhr geschaut. Die Zeiger bewegten sich überhaupt nicht! Bestimmt war die Uhr kaputt. Karlchen war ins Schlafzimmer zu Papa geschlichen. Vielleicht war Papa jetzt wieder gesund genug, um ihr endlich eine Geschichte vorzulesen. Doch Papa hatte die Augen fest zu und träumte. Karlchen dachte nach. Sie war ein großes Mädchen. So groß,

dass sie sich allein anziehen konnte. So groß, dass sie allein in der Wohnung bleiben durfte. Also war sie auch groß genug, um allein in den Hof zu gehen und Lilly bei der kleinen Dame abzuholen.

Vor dem Torweg blieb Karlchen zögernd stehen. Hier war sie noch nie allein durchgelaufen. Immer nur an Mamas oder Papas Hand, wenn sie den Müll wegbrachten. Karlchen spähte in die Nische zwischen den riesigen Mülltonnen. Hatte sich dort womöglich ein Monster versteckt? »Es gibt keine Monster!«, sagte sie zu sich selbst. »Ich bin ein großes Mädchen und hole meine Schwester ab.« Und dann hielt sie die Luft an und tauchte in den Schatten des Durchgangs. Sie öffnete das schwere Tor, rannte über den Rasen und hielt erst wieder an, als sie die Hecke erreicht hatte. Lilly hatte ihr von dem Durchschlupf erzählt und Karlchen fand die Lücke ohne Mühe. Flink wie ein Eichhörnchen kletterte sie zwischen den Zweigen der Hecke hindurch und erreichte die geheime Seite des Hinterhofs.

Viel sah sie nicht. Es wurde ja jetzt schon so früh dunkel. Aber wenige Meter entfernt schimmerte etwas Weißes. Es war ein rundes Haus aus Stoff – das Zelt der kleinen Dame. Karlchen kicherte bei dem Gedanken an Lillys Gesicht.

»Lilly«, rief sie. »Lilly! Kleine Dame!« Niemand antwortete. Komisch, dachte Karlchen und presste ihre kleine Nase gegen das runde Fenster. Im Zelt war es dunkel. Nur in der Mitte des Zeltes konnte sie den kleinen Ofen erkennen, in dem einige Holzscheite glühten. Karlchen seufzte. Wo waren sie nur? Sollte sie nach ihnen suchen? Aber auch wenn sie ein großes und mutiges Mädchen war: Noch weiter traute sie sich nicht in den Hof hinein.

»Ich warte lieber hier auf sie«, beschloss sie. Einige Meter neben der alten Weide wuchs ein schöner Kletterbaum. Das war genau der richtige Platz, um auf Lilly zu warten. Geschickt hangelte Karlchen sich von Ast zu Ast nach oben. Die Rinde war glatt und sie musste achtgeben, nicht abzurutschen. Fast hatte sie die gemütliche Astgabel erreicht, als sie ein Stück weiter oben ein Nest entdeckte. Eine glänzende Feder ragte daraus hervor. Wenn sie nur ein wenig höher kletterte, konnte sie die Feder vielleicht erreichen.

Karlchen stieg weiter. Nun war sie schon richtig hoch. Sie hielt sich ein bisschen fester und rutschte über den Ast, der zum Nest führte. Noch ein paar Zentimeter und sie hatte ihr Ziel erreicht. Die Feder war in greifbarer Nähe. Das Nest war groß. Die Zweige waren kunstvoll zu einem Rund ineinandergesteckt und innen mit Moos ausgelegt. Karlchen beugte sich nach vorn und griff nach der Feder. Da sah sie es. Zwischen dem Moos glitzerte etwas. Es war ein silberner Anhänger mit einer feinen Kette!

Der kleine Zeiger stand genau auf der Fünf und der große auf der Zwölf, als Lilly die Tür aufschloss. Im Flur war es finster. Lilly machte Licht. »Bin wieder da«, rief sie. Eigentlich hatte sie erwartet, dass Karlchen sofort mit Indianergeheul auf sie losstürmte und mit ihr

spielen wollte. Doch es war still in der Wohnung. Seltsam still. Lilly ging zum Kinderzimmer. War Karlchen vielleicht eingenickt? Die Nachttischlampe brannte.

»Karlchen, sag mal Piep.«

Nichts rührte sich. »Karlchen?« War sie bei Papa? Lilly lugte ins Schlafzimmer. Sie hörte Papas Atemzüge. »Karlchen?«, flüsterte sie. Keine Antwort. Lilly wurde flau. Sie rannte zum Bad, suchte in der Küche und in der Speisekammer. Kein Karlchen! War ihre Schwester weggelaufen? Geraubt worden? Lilly fühlte einen Kloß im Hals. Sie sollte doch auf Karlchen aufpassen! Und nun war ihre kleine Schwester verschwunden.

Draußen hatte der Winterabend sein großes schwarzes Tuch über die Stadt gebreitet. Die Autos fuhren mit gelben Augen durch die Straßen und in den Wohnungen zündeten die Menschen ihre Kerzen an.

Im Hof des Brezelhauses bewegte sich ein kleines grünes Licht von der Hecke auf das Tor zu.

»Nicht kitzeln!«, flüsterte Karlchen. Begeistert sah sie auf das leuchtende Chamäleon, das seinen Kringelschwanz wieder einrollte. Die kleine Dame hatte ihr Chaka gegeben, damit er ihnen den Weg leuchtete.

»Wenn man nachts auf Salafari geht, darf man nicht alleine sein«, hatte sie gesagt und Karlchen an die Hand genommen. »So ein kleines Kletterhörnchen wie du kann schnell verloren gehen.«

»Ich bin doch nicht mehr klein«, protestierte Karlchen. Aber sie hatte die Hand der kleinen Dame nicht losgelassen und war sehr froh, dass sie nicht allein war.

Vom Tor näherten sich eilige Schritte. Die kleine Dame sah Karlchen an und legte den Finger auf ihre Lippen. »Pscht.«

Das Tor knarzte. Jemand huschte in den Hof. Karlchen versteckte sich hinter der kleinen Dame. Wer war das?

Die Taschenlampe fest umklammert, tappte Lilly in den Hof. Sie musste Karlchen finden! Die kleine Lampe leuchtete gerade so weit, dass sie zwei Schritte sehen konnte. Plötzlich tauchte im Kegel des Lichts ein Paar feiner Schnürstiefel auf. Lilly ließ das Licht nach oben wandern. »Kleine Dame! Karlchen ist weg!«, berichtete sie aufgelöst.

»Meinst du so ein kleines buntes Kletterhörnchen?«, fragte die kleine Dame und trat einen Schritt zur Seite. »Das hab ich schon vom Baum gelockt.«

Da entdeckte Lilly ihre Schwester.

»Ich . . . Ich wollte dich bei der kleinen Dame abholen«, nuschelte Karlchen kleinlaut.

»Ach, Karlchen«, seufzte Lilly. Sie war so erleichtert, dass sie ihre kleine Schwester wiedergefunden hatte. »Du darfst doch nicht ausbüxen.«

Karlchen nickte. »Nee, ich weiß«, gab sie zu. »Aber mir war soooo langweilig!« Sie sah ihre große Schwester an. »Bist du jetzt sauer?«

Lilly grinste. »Monstersauer!«

»Fein«, sagte die kleine Dame. »Komm, Chaka.«

Sie streckte ihren Arm aus und das Chamäleon kletterte von Karlchens Hand zu ihr hinüber.

»Gute Nacht, kleine Dame«, sagte Karlchen.

»Gute Nacht, Kletterhörnchen«, lächelte die kleine Dame und sah zu Lilly. »Und wir beide machen uns morgen auf die Suche nach dem Fu . . .«

»Hm, machen wir«, unterbrach Lilly die kleine Dame und zog Karlchen in Richtung Tor. »Aber jetzt müssen wir los.« Sie winkte der kleinen Dame zu.

»Wen sucht ihr denn?«, fragte Karlchen neugierig.

Na klar, kleine Schwestern hören immer das, was sie nicht hören sollen. »Ach, nichts«, antwortete Lilly. Gut und schön, dass Karlchen jetzt auch im Hinterhof bei der kleinen Dame rumstromerte, aber das Geheimnis vom Stadtfuchs – das gehörte Lilly allein!

»Und was hast du die ganze Zeit im Hof gemacht?«, versuchte sie, Karlchen abzulenken.

»Och, nichts Besonderes . . .« Karlchen zuckte die Schultern. Wenn Lilly ihr nicht verriet, wonach sie und die kleine Dame suchten, wollte sie ihr auch nichts von dem hübschen silbernen Anhänger erzählen, den sie in ihrer Hand hielt. Schließlich war Karlchen ein großes Mädchen, so groß, dass sie schon ein eigenes Geheimnis bewahren konnte.

Als Mama eine Viertelstunde später aus der Bäckerei nach Hause kam, brachten Lilly und Karlchen Papa gerade das zweite Tässchen Tee, Zwieback und geschnippelten Apfel ans Bett. Mama sah ihnen zu und lächelte. »Ich wusste doch, dass sie den Nachmittag wunderbar hinkriegen«, seufzte sie zufrieden und klopfte sich eine kleine Mehlwolke aus dem Ärmel.

Lilly und Karlchen kicherten. »Oh ja, super wunderbar!«

Der erste Schnee

In dieser Nacht begann es zu schneien. Erst schwebten nur einzelne Flocken vom Nachthimmel herab. Doch unmerklich fielen die Flocken dichter und schon bald tanzten Tausende Schneekristalle ihren ersten Wintertanz. Die kleine Dame lag in ihrem warmen Bett. Unten an ihren Füßen hatte sich Chaka eingerollt. Die kleine Dame lächelte im Schlaf. Sie träumte von der alten Eskimofrau, die mit ihrem Hundeschlitten über den Himmel sauste und eine Spur aus Eis und Schnee hinter sich ließ.

Auch Lilly hatte einen spannenden Traum. Auf dem Weg zur kleinen Dame war sie einem Fuchs begegnet.

Einem sprechenden Fuchs. Doch dann rief Mama: »Es hat geschneit!«

Lilly hüpfte in null Komma nichts aus dem Bett und flitzte zum Fenster. Der ganze Hinterhof lag unter einer weißen Decke. Die Pfütze war von einer blitzenden Eisschicht überzogen und von der Teppichstange hingen die ersten Eiszapfen.

»Schnee, Schnee, Schnee«, sang Lilly und tanzte durchs Zimmer.

Von dem Gehopse wachte Karlchen auf und sah ihre Schwester mit gerunzelter Stirn an. »Pscht! Pschscht!«, zischte sie.

Lilly tanzte an ihr Bett. »Schnee, Schnee, Schnee«, sang sie ihrer Schwester direkt ins Ohr.

Da öffnete Karlchen die Augen. »Schnee?« Sie krabbelte aus dem Bett und rannte mit Lilly zum Fenster. Wirklich! Alles war weiß: das Fensterbrett, die Hecke und die Zweige der Bäume.

»Es hat geschneit«, wisperte Karlchen.

Lilly nahm ihre Hände und sie wirbelten gemeinsam herum. »Juhuhuhuh! Der erste Schnee!« Und dann stürmten sie in die Küche.

Papa war wieder ganz gesund.

»Ich kann Karlchen heute vom Kindergarten abholen«, sagte er. Mama holte ein Blech Walnusskringel aus dem Ofen. »Zum Glück!«, seufzte sie. »Wir fangen doch heute mit der Lebkuchenstadt an. Du weißt ja . . .«

Ja, Papa und auch die Mädchen wussten, was das bedeutete. Wenn Mama ihre Lebkuchenstadt buk, war sie mindestens eine Woche komplett abgetaucht. Im Vorübergehen schnappte Lilly sich zwei Kringel vom Blech und steckte Karlchen einen zu.

»Die sind noch heiß«, warnte Mama.

»So nicht«, lachte Lilly und tunkte ihren Kringel in die Milch.

»Holst du mich mit dem Schlitten ab?«, fragte Karlchen.

Papa stellte seinen Becher ab. »Aber ich hab den Lenker noch gar nicht an den Schlitten gebaut«, sagte er. Für einen Fahrradspezialisten wie Herrn Bär musste

jedes Gefährt, ob Fahrrad, Roller oder Schlitten eine gut geölte Lenkung haben.

»Dann lenk ich eben mit den Füßen«, quietschte Karlchen.

Papa zögerte. »Hm. Oder ich könnte den Schlitten hinten an mein Bakfiets hängen und dich ziehen«, schlug er vor. Mit seinen vier Rädern war Papas Transportfahrrad nämlich so stabil, dass er damit sogar durch den Schnee fahren konnte.

»Jaa«, strahlte Karlchen.

Papa lächelte zufrieden. »Also abgemacht.«

Als Lilly an diesem Nachmittag mit roten Wangen das Zelt erreichte, schlüpfte die kleine Dame gerade aus dem Eingang. Von den Zweigen der alten Weide rieselte Schnee. Auf ihrem Rücken trug sie ihren Rucksack und vor ihrem Bauch baumelte eine seltsame Wurst.

»Scho mol Lollo, Chokos Moff ost do!«, sagte die kleine Dame mit einem warmen roten Schimmer.

Schokosmoff? Lilly kannte nur Schokopops. Die kleine Dame strich über das flauschige Ding. Lilly betrachtete es genauer. Es sah wirklich aus wie eine wollige Wurst ohne Zipfel. Und als Lilly neugierig in eines der

offenen Enden hineinblickte, blinkerte ihr Chaka entgegen!

»Ist der Schokomoff etwa Chakas Miff?«, fragte Lilly.

Die kleine Dame schüttelte den Kopf. »Oh, ich vergesse immer wieder, dass du noch kein Spektralzisch kannst. Ja, das ist Chakas neuer Miff. Kleidsam und warm!« Sie lächelte sehr zufrieden und zeigte auf das Vogelhäuschen. Dort, in der dritten Etage saßen zwei Tauben und pickten emsig Körner.

»Der Tauben-Lieferservice hat ihn heute Morgen gebracht. Gerade noch rechtzeitig für unsere erste Schneesalafari«, fügte die kleine Dame hinzu und fing eine Schneeflocke auf.

»Sieh nur«, flüsterte sie und hielt Lilly die Flocke hin. Auf ihrer Hand sah die Flocke viel größer aus als alle Schneeflocken, die Lilly bisher gesehen hatte.

»In jedem Regentropfen wohnt eine Schneeflocke«, begann die kleine Dame. »Und wenn der Winter seine Zauberworte spricht, schlüpfen sie aus ihrer nassen Hülle, ziehen ihre weißen Kleider an und machen das Sichtbare unsichtbar und das Unsichtbare sichtbar.«

Ja, Lilly sah, dass der Schnee die nackten Zweige der Bäume zugedeckt und die braunen Herbstblätter weggezaubert hatte. Aber was meinte die kleine Dame mit dem Unsichtbaren, das der Schnee sichtbar machte?

Die kleine Dame zupfte Lilly am Ärmel. »Ich habe sie heute früh entdeckt«, sagte sie. »Sie sind ganz frisch!«

So stapfte Lilly hinter der kleinen Dame her. Vor der verfallenen Mauer blieben sie stehen.

»Da«, flüsterte die kleine Dame und zeigte in den Schnee.

Lilly blickte angestrengt zu der Mauer. Aber dort streckte weder eine Winterblume ihre Knospe aus dem Schnee, noch krabbelte ein seltener Polarkäfer über die Mauer.

Lilly kniff die Augen zusammen. »Wo?« Im selben

Moment entdeckte sie die Spur vor der Mauer! Sie schimmerte matt im Schnee und führte direkt ins Dickicht des Hinterhofs.

Der Fuchs war noch im Brezelhof! Die kleine Dame erzählte Lilly, wie sie der Spur am Morgen bis zum alten Backschuppen gefolgt war. Der Fuchs hatte den Schuppen mehrere Male umrundet, am Ofen und an der Tür geschnuppert. Doch im Ofen hauste der Marder und die Tür zum Backschuppen war verschlossen. Die kleine Dame hielt an und legte den Finger auf den Mund.

»Ich habe ihm draußen ein Schälchen mit Haferflockensuppe hingestellt«, flüsterte sie Lilly zu. »Vielleicht hat er sie schon entdeckt.«

Mäuschenstill schlichen sie die letzten Meter bis zu den Tannen, hinter denen der Backschuppen lag, und duckten sich unter die tief hängenden Zweige.

Und dort, vor der Tür des Schuppens stand der Fuchs und verschlang die Haferflockensuppe. Dünn war er. So dünn, dass er zwischen den Stäben des Tores hindurchgepasst hatte. Sein rotes Fell war struppig und seine weiße Schnauze und Brust grau vom Schmutz.

Mit einem Mal schien er zu spüren, dass er beobachtet wurde, und hob den Kopf. Für einen Augenblick sah der Fuchs zu Lilly und der kleinen Dame hinüber. Er japste und flüchtete ins Unterholz.

»Der Fuchs ist hier! Er hat gefressen!«, staunte Lilly.

Sie kamen unter den Tannen hervor und liefen zum Schuppen. Die Schüssel war bis auf den letzten Happs leer. »Ja, es hat ihm geschmeckt«, sagte die kleine Dame.

»Oh, kleine Dame«, rief Lilly besorgt. »Er sieht halb verhungert aus!«

Die kleine Dame nickte und öffnete die Tür zum Backschuppen. »Ich frage mich schon die ganze Zeit, weshalb er sich kein anderes Quartier sucht, wenn er hier nicht genug zu fressen findet.«

»Er traut sich bestimmt nicht an der Leberwurst vorbei!«, vermutete Lilly.

Sie betraten den Schuppen und die kleine Dame

nahm ihren Rucksack ab. »Am besten, der Fuchs bleibt erst einmal hier bei uns, bis er wieder zu Kräften gekommen ist«, schlug die kleine Dame vor und nahm eine Decke aus dem Rucksack.

Die Idee gefiel Lilly. Sie kramte in ihrer Jackentasche und förderte ein paar krümelige Plätzchen hervor. »Hier, die Walnusskringel hat Mama gebacken. Die werden ihm doch schmecken?«

Die kleine Dame legte die Decke in eine der alten Mehlkisten und die Plätzchen in die Schale. »Das wird der reinste Festschmaus für ihn!«, versicherte sie und sah sich im Schuppen um. »Wir lassen die Tür angelehnt, dann kann der Fuchs ein und aus gehen, wie er möchte.«

Als sie alles für den Fuchs vorbereitet hatten, verließen sie den Backschuppen. Lilly war leicht ums Herz. Solange der Fuchs im Hof des Brezelhauses bleiben wollte, würden sie und die kleine Dame sich um ihn kümmern. Die Zeiten, in denen er aus der Mülltonne fressen musste, waren vorbei! Und Lilly war sich sicher, dass Herr Leberwurst den Fuchs schon bald vergessen haben würde.

Der Rotfuchsprinz

Doch Herr Leberwurst hatte den Mülldieb nicht vergessen! Im Gegenteil! Grimmig tunkte er die Kleisterquaste in den Eimer und witschte über die Hauswand. Dann nahm er das große eingerollte Papier und klebte es an die Wand.

Es war ein Steckbrief!

»Gemeiner Mülldieb gesucht!«, las Lilly und blieb wie angewurzelt im Torweg stehen. Sie las weiter: »Personenkennzeichen: roter Pelz, spitze Schnauze, schleichender Gang.«

Lillys Herz klopfte schneller.

Denn unter dem Text klebte das Foto ihres Fuchses. Le-

berwurst hatte das Bild von seinem Balkon aus gemacht. Erschrocken sah der Fuchs nach oben in die Kamera. Deshalb hatte der Hausmeister die letzten Tage ständig auf der Lauer gelegen! Mit einem mulmigen Gefühl rannte Lilly weiter. Sie müsste der kleinen Dame schnellstens Bescheid sagen! Der Fuchs durfte unter keinen Umständen in diesen Teil des Hofes zurückkehren!

Als Lilly kurz darauf die Haustür aufschloss, hörte sie, wie Mama und Papa sich im Wohnzimmer unterhielten.

»Der arme Fuchs«, sagte Mama. »Ich hoffe, er ist schon längst über alle Berge.« Was wusste Mama denn von dem Fuchs? Hatte sie den Steckbrief im Torweg etwa schon entdeckt?

Die Samstagszeitung raschelte.

»Ach, das ist doch nur wieder eine von Herrn Leberwursts fixen Ideen. Was soll ein Fuchs in unserem Hinterhof? Da ist doch nichts«, antwortete Papa.

»Hm«, machte Mama wenig überzeugt. »Nichts bis auf die kleine Dame, ein tausendjähriges Chamäleon und . . .«

». . . ein hungriger Fuchs!«, rief Lilly und streckte den Kopf ins Wohnzimmer.

»Was?«, fragte Mama und sah überrascht von ihrem Backbuch auf.

Papa ließ die Zeitung sinken. »Also, Füchse leben im Wald. Sie lieben Felder, Wiesen und Hecken und keine engen Stadthinterhöfe. Das müsstest du aber schon wissen, Lilly.«

Lilly ließ sich auf den Stuhl neben Mama plumpsen. »Weiß ich doch. Aber dieser Fuchs ist trotzdem hier! Und er braucht ganz dringend was zu fressen!«

Sie sah Mama bittend an.

»Es ist sicher nur eine entlaufene Katze«, beharrte Papa auf seiner Meinung. »Wir können gern durchs Viertel radeln und nachsehen, ob jemand eine Katze vermisst.«

Lilly verdrehte die Augen. War es denn so schwer zu kapieren? »Es ist ein Fuchs! Die kleine Dame hat sich auch schon gewundert, was er hier bei uns macht. Aber bis wir das herausgefunden haben, kann er sich im alten Backschuppen verstecken. Wir kümmern uns um ihn«, sagte sie bestimmt.

Mama stand auf. »Dann wollen wir mal sehen, was wir noch im Kühlschrank haben.«

»Danke, Mama!«

Herr Bär sah ihnen nachdenklich hinterher. Sollte sich tatsächlich ein Fuchs in ihren Hinterhof verirrt haben?

Karlchen hatte sich in der Ecke hinter dem Etagenbett versteckt und betrachtete ihr Geheimnis. Das feine silberne Geheimnis, das sie Mama zu Weihnachten schenken wollte. Oh, sie freute sich. So ein schönes Geschenk hatte Mama bestimmt noch nie bekommen. Karlchen hatte herausgefunden, dass man den silbernen Anhänger, den sie in dem Nest gefunden hatte, aufklappen konnte. Hier konnte Mama ein Bild von Karlchen, Lilly und Papa hineintun und es immer bei sich tragen.

»Karlchen?«, rief eine Stimme von der Tür. Lilly kam ins Kinderzimmer. Hastig versteckte Karlchen den Anhänger in ihrer Schatzkiste und schob sie unter das Bett.

»Hier bist du.« Lilly hockte sich neben Karlchen. »Hast du es schon gehört?«, fragte sie.

Karlchen zog eine Grimasse.

»Mit dem Steckdings?«

»Steckbrief.«

»Papa sagt, die Leberwurst spinnt. Füchse leben im Wald! Das weiß doch jedes Baby«, sagte Karlchen.

Ach, Lilly wünschte sich, dass es so wäre. Sie kramte in ihrer Hosentasche und zog das rote Fellbüschel hervor.

»Hier.«

Karlchen nahm das Fellbüschel.

»Die kleine Dame und ich haben den Fuchs gesehen! Beim alten Backschuppen!«, erzählte Lilly.

»Einen echten Fuchs?« Karlchen konnte es kaum glauben.

»Einen richtigen, hungrigen, klapperdürren Fuchs«, sagte Lilly und berichtete Karlchen von dem Winterquartier, das sie im alten Schuppen hergerichtet hatten.

»Können wir ihn besuchen?« Karlchen war sofort Feuer und Flamme. Lilly nickte. »Mama hat mir Wurst für ihn gegeben. Und ich muss der kleinen Dame unbedingt von dem Steckbrief erzählen!«

Kaum hatten die zwei die verborgene Seite des Hofs erreicht, als Lilly der kleinen Dame sofort von dem Aushang erzählte, den Leberwurst aufgehängt hatte. »Er hat sogar ein Foto von dem Fuchs gemacht!« Lilly war richtig sauer auf Leberwurst.

»Dieser ohrenkratzende Besenmolch!« Die kleine Dame schüttelte sich. »Ob er fegt oder schippt oder jagt – dieser Hausmeister überlässt einfach nichts dem Zufall.«

Karlchen nickte finster. »Er ist gemein!«

»Wir müssen etwas unternehmen!«, sagte Lilly entschlossen.

Die kleine Dame zupfte an einem Weidenzweig. »Meine Lieben«, sagte sie. »Es ist allerhöchste Bimmelbahn, dass wir seine leberwurstige Ordnung einmal tüchtig durcheinanderwirbeln!«

»Ich mach mit!«, rief Karlchen begeistert.

»Und wie?«, fragte Lilly. »Ihr wisst doch, Leberwurst wird alles versuchen, um den Fuchs zu verjagen!«

»Es darf ihm eben nicht gelingen«, entgegnete die kleine Dame mit blitzenden Augen. Sie setzte ihren Rucksack auf und nahm die silberne Laterne. »Wenn wir gut aufpassen, bekommt er ihn auch nicht!«

Drei kleine Nasen drückten sich gegen das kalte Fenster des Schuppens. Drinnen lag der Fuchs eingerollt auf der Decke und schlief.

»Der Fuchs!«, hauchte Karlchen.

Lilly sah sofort, dass die Schale neben ihm bis auf den letzten Krümel leer gefressen war. Ja, auch Füchse mochten Mamas Kekse.

»Lasst uns anklopfen«, schlug die kleine Dame vor und führte die Mädchen zur Tür. »Einen schlafenden Fuchs soll man nicht erschrecken.«

Sie klopfte dreimal gegen die Holztür des Schuppens, dann traten sie ein.

Der Fuchs hatte sich aufgesetzt und beobachtete sie wachsam. Sein Fell war schmutzverklebt, sein Kopf schmal von der Hungerzeit. Nur sein Schwanz loderte wie eine rote Flamme. Vorsichtig traten sie näher. Die kleine Dame stellte die Laterne ab.

»Setzt euch hierher, zum Licht«, sagte sie. »Noch ein wenig näher!« Die kleine Dame achtete darauf, dass Lilly und Karlchen genau im Lichtkreis der Laterne saßen. »So ist es schön«, sagte sie.

Dann wandte sie sich dem Fuchs zu, lupfte ihren Tropenhelm und verbeugte sich. »Ich bin die kleine Dame und heiße dich in unser aller Namen herzlich willkommen im Hof des Brezelhauses.«

Lilly blinzelte. Bildete sie es sich nur ein oder klang die Stimme der kleinen Dame anders als sonst? Doch sie hatte keine Zeit, darüber nachzudenken.

Denn nun neigte der Fuchs seinen Kopf und antwortete mit heiserer Stimme: »Ich bin ein Rotfuchs und komme von der Tana.«

Lilly und Karlchen schnappten nach Luft. Sie konnten den Fuchs verstehen! Die kleine Dame zwinkerte ihnen zu. »Von der Tana?«, fragte sie und machte einen winzigen Schritt auf den Fuchs zu. »Ist das nicht ein ganz reizendes Flüsschen oben in Nordschweden?«

Nun war der Fuchs überrascht. »Du kennst die Tana?«

Lilly blickte zu der Laterne. Jedes Mal, wenn der Fuchs sprach, begann sie, von innen zu leuchten.

»Aber ja, ich ging dort einst auf Rentier-Salafari«, antwortete die kleine Dame. »Aber was machst du hier im Brezelhof? Bist du auch auf Salafari?«

Der Fuchs schüttelte den Kopf und sah traurig zum Fenster hinaus. »Salafari? Nein. Ich suche . . .«, er brach ab. ». . . das ist eine lange Geschichte«, sagte er und ließ den Kopf hängen.

Die kleine Dame sah den Fuchs aufmunternd an.

»Oh, wir haben Zeit«, sagte sie.

Doch der Fuchs rührte sich nicht.

»Bitte, bitte! Erzähl uns die Geschichte«, bat Karlchen.

Der Fuchs sah zu Karlchen. Ganz offensichtlich hatte er sie verstanden, aber er schwieg weiter.

»Ist es schön an der Tana?«, fragte Lilly. Sie fühlte, wie sich die Worte in ihrem Mund verwandelten. Die Laute kamen tief aus ihrer Kehle. Sie fühlten sich rau und fremd an.

Der Fuchs hob den Kopf. Seine grünen Augen glänzten. »Es ist der schönste Ort auf der Erde«, sagte er und begann zu erzählen:

Hoch oben im Norden, an der Grenze zwischen Finnland und Schweden, wo die Sonne im Sommer nicht untergeht und der lange Winter eine einzige Nacht ist, fließt die Tana. Dort gibt es seit vielen Generationen zwei Königreiche. Das Reich der Silberfüchse und das Reich der Rotfüchse. Vor langer Zeit gab es zwischen den zwei Völkern Streit. Niemand weiß mehr, wie es dazu kam. Aber es war allen Füchsen bei Strafe verboten, die Tana, die beide Reiche trennte, zu überqueren.

Eines Tages spielte Fee, die Tochter des Königs der Silberfüchse, am Ufer der Tana. Um ihren Hals trug sie eine Kette mit einem silbernen Anhänger. Fee schlitterte gerade herrlich über das blitzende Eis, als sie vom anderen Ufer Hilferufe hörte. Ein dummer Rotfuchs war in das Eis eingebrochen. Pechvogel! Seine Rufe wurden lauter. Warum kam denn bloß keiner seiner Freunde und half ihm aus dem Wasser? Sein Rufen wurde immer verzweifelter. Fee hatte Mitleid. Sie lief über das

Eis bis auf die verbotene Seite. Der junge Rotfuchs klammerte sich an die Kante des Eises. Seine linke Pfote blutete. Mutig näherte Fee sich dem Loch im Eis. Sie packte das Schilf am Ufer und rutschte rückwärts zu dem Rotfuchs.

»Halt dich an meinem Schwanz fest!«, rief sie ihm zu.

Sein Fell hatte sich mit Wasser vollgesogen und er war sehr schwer. Fee hielt die Luft an, als er nach ihr griff. Das Schilf schnitt in ihre weichen Pfoten, aber sie zog weiter, bis sie ihn aus dem Eis gezogen hatte.

»Der Prinz der Rotfüchse dankt dir!«, sagte er. Es klang ziemlich hochnäsig dafür, dass Fee ihm gerade das Leben gerettet hatte.

»Die Prinzessin der Silberfüchse braucht deinen Dank nicht!«, schnappte Fee und sprang schnell auf ihre Seite zurück.

»Ich bin Finn«, rief der Prinz ihr hinterher. »Wer bist du?«

»Fee«, wehte der Wind ihm die Antwort zu und schon war sie verschwunden. Von diesem Tag an kamen Fee und Finn immer wieder an das Ufer der Tana.

Der Fuchs schloss die Augen und dachte zurück. Es mussten sehr schöne Erinnerungen sein, denn um seine Schnauze lag ein Lächeln. Im Bäckerschuppen war es still. Nur die Kerze in der Laterne knisterte. Der Fuchs leckte sich über seine Pfote, dann legte er sich hin und blickte auf.

»Wollt ihr etwa noch mehr hören?«, fragte er.

Karlchen, Lilly und die kleine Dame nickten.

»Aber nur ein bisschen. Ich bin müde. Sehr müde«, sagte der Fuchs und fuhr fort:

Von da an trafen Finn und Fee sich immer wieder auf dem Eis und nach ein paar Wochen spielten sie jeden Tag zusammen, bis das Eis taute und jeder auf seiner Seite bleiben musste.

Wenn die Silberfüchse nun über die dummen Rotfüchse lachten, die Regenwürmer fraßen, lachte Fee nicht mehr mit. Und wenn die Rotfüchse über die eitlen Silberfüchse lachten, die sich ständig im Eisspiegel betrachteten, lachte Finn nicht mehr mit.

Der kurze Polarsommer kam ihnen endlos vor und sie waren glücklich, als die ersten starken Nachtfröste die Tana mit einer frischen Eisfläche überzog.

Wieder trafen sie sich. Immer heimlich, denn es war

ja bei Strafe verboten, die Grenze zu überqueren. Trotzdem blieb den Eltern nicht verborgen, dass ihre Kinder sich verändert hatten. Fees Vater, ein stolzer und großer Silberfuchs, beschloss, dass Fee heiraten sollte.

Die Stimme des Fuchses wurde schwächer. Seine Schnauze sackte weg und er flüsterte die letzten Worte:

Dann hielt ein reicher isländischer Polarfuchs um ihre Hand an und Fees Vater fand, dass er eine ausgezeichnete Wahl war.

Der Rücken des Fuchses hob und senkte sich regelmäßig. Er war eingeschlafen.

»Schöne Geschichte«, wisperte Karlchen. »Aber jetzt wissen wir gar nicht, wie sie ausgeht.«

Lilly betrachtete den schlafenden Fuchs. »Finn wird es uns bestimmt morgen verraten«, sagte sie.

»Finn? Wieso Finn?«, fragte Karlchen. »So heißt doch der Prinz in der Geschichte!«

»Stimmt«, sagte Lilly.

Karlchen runzelte die Stirn.

»Es ist seine Geschichte, Kletterhörnchen«, sagte die kleine Dame.

Karlchen schaute zu dem zerzausten Fuchs und zog die Nase kraus. »Für einen Prinzen ist er aber ganz schön schmuddelig.«

Die kleine Dame nahm die Laterne. »Er hat ja auch eine sehr lange Salafari hinter sich«, gab sie zu bedenken. Leise öffnete sie die Tür. »Kommt, lassen wir ihn schlafen.«

Schlitten fahren

Finns Geschichte ging Lilly nicht mehr aus dem Kopf. Die halbe Nacht grübelte sie, warum der Fuchs nach Hamburg und ausgerechnet in den Hof des Brezelhauses gekommen war. War er weggelaufen, weil seine Freundin, die Silberfuchsprinzessin, den Isländer geheiratet hatte? Oder hatte Finn etwas anderes fortgetrieben? Lilly konnte es kaum erwarten, den Fuchs wieder zu besuchen.

Der nächste Tag war ein Sonntag. Als Lilly in die Küche kam, pustete Mama gerade die drei Kerzen auf dem Adventskranz aus und begann abzudecken. Lilly wollte sofort zum Backschuppen aufbrechen. Sie brauchte nur

noch etwas frisches Futter. »Darf ich ein Stück Quiche für den Fuchs mitnehmen?«, fragte sie und zeigte auf das Backblech, das auf der Arbeitsplatte stand.

»Ja, schneid ihm ruhig ein großes Stück ab«, nickte Mama. »Aber willst du nicht erst mit uns zum Rodeln kommen? Wir probieren heute die Lenker aus, die Papa angebaut hat.«

»Papas neue Lenkschlitten?«, fragte Lilly begeistert. Na logo wollte sie die auch ausprobieren!

Mama sah zur Küchenuhr. »Papa und Karlchen müssten gleich mit den Schlitten aus der Werkstatt zurück sein.«

Lilly stopfte hastig die Quiche in die Brotdose. »Ich bring dem Fuchs nur schnell sein Futter, dann komm ich nach!«

»So machen wir's«, sagte Mama und schaltete die Spülmaschine an.

Die Haustür ging auf. Leichte Schritte kamen durch den Flur zur Küche.

Es war die kleine Dame.

»Gitan Mirgan!«, wünschte sie und ließ Chaka aus dem Miff. »Nicht, dass du mir nachher draußen frierst«, sagte sie zu ihm.

»Guten Morgen, kleine Dame!«, sagte Mama und steckte Chaka einen Keks zu, den er genüsslich schmatzend verdrückte.

»Wollten wir uns nicht beim alten Backschuppen treffen?«, wunderte sich Lilly.

»Von dort komme ich gerade«, erzählte die kleine Dame und naschte ein paar Krümel vom Backblech. »Delikat, delikat . . .«, knusperte sie. »Ja, der Fuchs . . .« Sie knusperte weiter.

»Ja?«, fragte Lilly ungeduldig.

»Nun, er schläft wie ein Stein. Ganz erschöpft, der Arme. Hoffen wir nur, dass es kein seltener Fall von Fuchsdormitis – Fuchswinterschlaf wird. Der kann Monate dauern.«

Lilly ließ die Brotdose sinken. »Monate? Oh, nur das nicht! Das halt ich nicht aus!«

Die kleine Dame schmunzelte. »Das brauchst du auch nicht. Wir werden nämlich rodeln!«, sagte sie. »Unten vor dem Brezelhaus stehen dein Papa und das Kletterhörnchen und sie haben die flottesten Schlitten südlich des Polarkreises!«

So brachen sie alle zusammen auf. Die goldene Brezel funkelte im Sonnenschein über dem Eingang.

Auf dem Gehweg hängte Papa die Schlitten aneinander. »Alles aufsitzen«, rief er. »Und Lenker hübsch geradeaus!«

Mama fasste mit an und sie zogen die Schlitten im Galopp bis zum Elbhang. Manch ein Sonntagsspaziergänger fragte sich, was für einen eigenwilligen

Schneeanzug das Mädchen mit dem runden Helm trug. Dabei war es die kleine Dame in ihrem Safarikostüm, die hinter Lilly auf dem Schlitten saß.

Am Rodelberg herrschte fröhlicher Trubel. Große und kleine Schlittenfahrer sausten den steilen Hang hinunter. Es waren so viele Rodler unterwegs, dass die kleine Dame, Lilly und Karlchen, Herr und Frau Bär sich oben anstellen mussten

»Ich fahr mit Mama. Du fährst bei Lilly und der kleinen Dame mit«, sagte Papa zu Karlchen.

Karlchen wechselte auf den großen Schlitten.

»Traust du dich denn schon allein?«, fragte Mama ihre kleine Tochter besorgt.

»Ja, Mamichen!«, grinste Karlchen.

»Vergiss nicht«, sagte Papa stolz zu Mama, »die Kinder können jetzt lenken!«

»Hm«, machte Mama skeptisch und blickte den steilen Hang bis zu den Strohballen hinunter, die vor dem eisernen Zaun aufgestapelt waren.

»Wir passen schon auf das Kletterhörnchen auf«, versprach die kleine Dame. So setzte Mama sich zögernd hinter Papa auf den Schlitten. Mit einem Mal waren Herr und Frau Bär fast genauso klein wie die Mädchen und die kleine Dame.

Papa griff den chromglänzenden Lenker.

»Eins . . .«, begann er zu zählen.

Lilly packte ihren Lenker. »Zwei . . .«

Karlchen quietschte vor Aufregung.

»Drei!«, rief die kleine Dame und stieß sich ab. Die Schlitten brausten los. Mama und Papa hatten einen winzigen Vorsprung.

»Schneller, schneller – Schlitten mit Propeller«, feuerte die kleine Dame Lilly an. Die letzten Meter der Piste: Lilly beugte sich nach vorn. Die Strohballen kamen näher. Aus dem Augenwinkel sah Lilly, dass Mama abbremste. Der Schlitten der Mädchen schoss weiter.

Nun streckten auch Lilly und Karlchen die Füße zum Bremsen aus, dass der Schnee nach allen Seiten stob. Aber der Schlitten hatte immer noch zu viel Fahrt. Lilly kniff die Augen zu. Karlchen kreischte vor Wonne. Da spannte die kleine Dame in allerletzter Sekunde ihren Schirm auf. Er blähte sich wie ein Segel, der Schlitten verlangsamte sich, beschrieb eine Kurve und stieß sanft gegen die Strohballen.

»Erste!«, jubelte Karlchen.

»Puh!«, schnaufte Lilly und drehte sich um. Hinter ihr saß die kleine Dame auf dem Schlitten und chamäleonisierte: Ihre Winterstiefel hatten die Farbe des Strohs angenommen, aber ihr Kostüm, ihr Miff und die Ohrenschützer glitzerten weiß.

Von der Seite kamen Mama und Papa angelaufen.

»Alles in Ordnung bei euch?«, fragte Mama besorgt.

»Und, wie lässt er sich lenken?«, wollte Papa wissen.

»Absolut karacho-klasse!«, sagte die kleine Dame und hüpfte vom Schlitten.

Ein kleiner Junge sah die glitzernde Gestalt und zeigte mit dem Finger auf sie. »Seht mal, ein Kobold!«

Die kleine Dame sah sich neugierig um. »Wo, wo ist ein Kobold?«, fragte sie und klappte ihren Schirm zu. Die Mutter des Jungen wandte sich stirnrunzelnd zu ihnen um. Doch ehe sie etwas sagen konnte, hatte Herr Bär die kleine Dame an die Hand genommen. So wie er sonst nur seine Töchter an die Hand nahm. »Du weißt doch, dass es Kobolde nur im Märchen gibt«, sagte er und zog sie mit.

»Hätte ich fast vergessen«, gluckste die kleine Dame und sie stapften den Berg hoch.

Oben entdeckte Karlchen im Gewusel ihren Freund Jakob. Sie lief ihm mit fröhlichem Hallo entgegen. »Fährst du mit?«, fragte sie und zupfte Papa flugs den Schlitten aus der Hand.

»Jaaa!«, rief Jakob und bestaunte den chromglänzenden Lenker. »Kann das unser Raumschiff sein?«, fragte er eifrig.

»Klaro«, nickte Karlchen. »Komm!«

Und schon saß Jakob hinter ihr. Ehe Papa es verhindern konnte, starteten die zwei mit wildem Gebrüll direkt ins Weltall.

»Ich will aber auch noch mal!«, rief Papa ihnen hinterher.

Mama lächelte und holte die Thermoskanne und die Plätzchen aus ihrem Rucksack. Es dauerte gar nicht lange, bis Mama und Papa von einer Traube von Müttern und Vätern umringt war, die alle Kekse knabberten, klönten und die Kinder rodeln ließen.

Ein ums andere Mal sausten Lilly und die kleine Dame die Piste hinunter. Sie fuhren Schlittenslalom, hoben vom größten Schneebuckel wie von einer Sprungschanze ab und flogen durch die Luft. Am Rand der Piste blieben die Kinder stehen und verfolgten atemlos die Kunststücke, die die kleine Dame mit Lilly vollführte.

»So einen herrlichen Ritt auf dem Schlitten hatte ich ewig nicht!«, verkündete die kleine Dame.

»Ich auch nicht«, japste Lilly. Sie war vollkommen aus der Puste.

In diesem Augenblick winkte Mama von oben. Lilly und die kleine Dame winkten zurück.

»Ich glaube, jetzt möchte deine Mama mit mir fahren!«, sagte die kleine Dame ganz begeistert von der Idee.

Lilly hätte zu gerne gesehen, wie Mama mit der kleinen Dame Schlitten fuhr. Aber Mama wollte nach Hause.

»Es gibt Suppe«, sagte Mama. »Und alle Schlittenfahrer sind eingeladen!«

Auf dem Heimweg zogen Lilly und die kleine Dame die Schlitten. Ausgelassen trabten sie durch den Schnee. Erst wollten Mama und Papa sich nicht ziehen lassen. Aber als sie um die Ecke zum Brezelhaus bogen, hatten sie genauso rote Wangen wie Karlchen.

Vor dem Haus stand ein gelbes Postauto. Lilly und die kleine Dame beachteten es gar nicht. Sie waren so herrlich in Fahrt und freuten sich auf die warme Suppe.

Da trat Herr Leberwurst hinter dem Postauto hervor. Er hielt ein großes, schweres Paket und grinste zufrieden.

Lilly bremste.

Die kleine Dame bremste.

Die Schlitten rutschten zwischen ihnen hindurch di-

rekt bis vor Leberwurts Quadratlatschen. Noch ehe der Hausmeister begreifen konnte, was geschah, hatte die kleine Dame ihren Schirm aufgespannt und war schwuppdich so rot angelaufen wie die Mauersteine des Brezelhauses. Flink schlüpften Lilly und Karlchen mit darunter.

Herr Leberwurst beugte sich mit seiner langen Nase über die Schlitten.

»Ihr Rotzlöffel«, schimpfte er. »Schlitten fahren ist hier verboten!«

Doch auf dem Schlitten saßen keine Rotzlöffel, sondern Herr und Frau Bär. Sie standen auf und reckten sich zu ihrer vollen Größe.

»Wie meinen Herr Leberwurst?«, fragte Mama.

»Haben Sie mir oder meiner Frau etwas mitzuteilen?«, brummte Papa. Er machte einen Schritt auf den Hausmeister zu. Nun standen sie fast Nase an Nase. Lilly sah, dass Papas Nase bebte.

»Herr Bär?«, grunzte Leberwurst überrumpelt. »Frau Bär? Ich dachte, Sie wären Kinder.«

Auf Papas Stirn erschien eine steile Falte. »Lassen Sie die Kinder in Ruhe!«, sagte er gefährlich ruhig.

»Sonst«, fauchte Mama, ». . . mach ich Leberwurstschnittchen aus Ihnen!«

Mit diesen Worten drehte sie sich um und sagte: »Kommt.«

Doch wo waren Lilly, Karlchen und die kleine Dame? Mama strengte ihre Augen an und konnte den schwachen Umriss des Schirms vor der Hauswand erkennen.

Während Papa den Hausmeister in Schach hielt, nahm sie Karlchens Hand und brachte die Mädchen und die kleine Dame in Sicherheit.

Das Medaillon

Am späten Nachmittag erreichten die kleine Dame und Lilly den alten Backschuppen. Ob Finn noch schlief? Die kleine Dame schob vorsichtig die Tür auf und sie traten ein. Der Fuchs erwartete sie bereits. Stolz und aufrecht saß er vor der Mehlkiste und blickte ihnen aus wachen Augen entgegen. Lilly erkannte ihn kaum wieder. »Sieh nur, der Fuchs! Wie sein Fell glänzt.«

»Wie der Mantel eines Prinzen«, sagte die kleine Dame und stellte die Laterne ab.

»Haben Eure Fuchsheit gut geschlafen?«, fragte sie Finn.

Doch Lilly, die gerade die Quiche in die Schale legte,

verstand nur kehlige Laute. Sie befand sich ja gar nicht im Lichtkreis der Laterne! Schnell hüpfte sie ins Licht.

»Danke, sehr gut«, antwortete der Fuchs. »Ja, ich bin Finn. Der Prinz der Rotfüchse.« Er blickte zu ihnen hinüber. »Und ich danke euch für alles.«

Lilly sah verlegen zur Seite. »Och, das haben wir doch gern gemacht. Im Brezelhaus braucht niemand aus der Mülltonne zu fressen.«

Bei dem Wort Mülltonne zuckte der Fuchs zusammen. »Schleicht der Besenmann etwa immer noch hier herum?«, fragte er.

»Nun ja, er wohnt hier«, sagte die kleine Dame.

Der Fuchs sah sich nervös um.

»Keine Angst!«, beruhigte Lilly ihn schnell. »In diesen Teil des Hofs kann er nicht kommen. Aber . . .« Sie blickte zur kleinen Dame. »Wir müssen es ihm sagen.«

Die kleine Dame beugte sich zu dem Fuchs. »Herr Leberwurst, also der Besenmann, will dich fangen«, begann sie.

»Er hat sogar einen Steckbrief mit deinem Foto aufgehängt!«, fügte Lilly aufgeregt hinzu.

Der Fuchs bleckte die Zähne.

»Bis die Gefahr gebannt ist, solltest du dich besser hier bei uns verstecken«, riet die kleine Dame.

Doch Finn schüttelte heftig den Kopf. »Unmöglich«, sagte er. »Ich habe einen Auftrag!«

»Hat es mit Fee zu tun?«, fragte Lilly.

Der Fuchs nickte. »Ich habe euch doch erzählt, dass Fee heiraten sollte . . .«

Ihr Vater rief sie zu sich und erzählte ihr vom blauen isländischen Eis und den heißen Quellen, über die sie als Königin an der Seite des Isländers herrschen sollte. Fee wurde kalt ums Herz. Niemals würde sie nach Island gehen! Niemals den Isländer heiraten! Sie sagte ihrem Vater, dass sie mich, den Prinz der Rotfüchse, lieb habe. »Einen Rotfuchs?!«, donnerte der König rasend vor Wut.

Fee durfte den königlichen Fuchsbau hundert Tage nicht verlassen. Als im Herbst das erste Eis auf der Tana schwamm, ließ ihr Vater eine Mauer errichten und stellte Wachen auf, damit Fee mich nicht treffen konnte. Die Tage wurden kürzer und eisiger. Während die anderen Silberfüchse draußen spielten, musste sie im Schloss bleiben. Da fragte der König sie zum zweiten Mal, ob sie bereit wäre, den Isländer zu heiraten. Und zum zweiten Mal sagte Fee Nein.

Da wurde ihr Vater so zornig, dass er nicht nur seine

Tochter, sondern auch mich bestrafen wollte, der an allem schuld war. Und er fasste einen Plan. Nur der mutigste Fuchs, so der König, dürfe seine Tochter heiraten. Stark müsse er sein, schnell und unerschrocken. Er schickte mir eine Nachricht. Ich sollte am nächsten Tag zum Rastplatz der Wildgänse kommen. Der König der Silberfüchse wollte mich auf die Probe stellen.

Die Wildgänse hatten sich schon alle versammelt, um nach Süden zu fliegen. Als Fee mich sah, wollte sie mir entgegenlaufen. Doch ihr Vater hielt sie fest. Er nahm Fee die Kette mit dem silbernen Anhänger ab und reichte sie der Leitgans.

»Trag diesen Anhänger nach Süden, trag ihn fort, weit über Land und Meer. Trag ihn bis nach Afrika und wirf ihn in den tiefsten See, den du findest. Wenn ihr im nächsten Sommer hier rastet, werdet ihr unter dem Schutz der Silberfüchse ste-

hen.« Dann wandte er sich an mich. »Bring mir Fees Kette zurück«, höhnte er. »Bring sie zurück und ich gebe dir Fee zur Frau.«

Erschöpft hielt der Fuchs inne. Das also war sein Geheimnis! »Versteht ihr? Ich kann mich nicht länger verstecken. Ich muss das Medaillon finden!«

Die kleine Dame stand auf. »In diesem Falle werden wir dir helfen«, verkündete sie. »Und wenn wir bis nach Afrika reisen müssen!«

Während Lilly, die kleine Dame und Finn noch Pläne schmiedeten, wie sie die Suche nach dem Medaillon am besten beginnen sollten, machte sich auf der anderen Seite des Hofs jemand an der Hecke zu schaffen. Zweige knackten und brachen, als sie grob auseinandergebogen wurden. Mit Rütteln und Schütteln wurde etwas Schweres hineingeschoben. Dann schnellten die Zweige an ihren Platz zurück und verdeckten das kalte Metallgitter vollkommen. Es war eine Fuchsfalle.

Karlchen wird sonderbar

Vorn im Brezelhaus knipste Lilly ihre Taschenlampe an. Vor einer Viertelstunde hatte Mama das Licht ausgeschaltet. Aber an Schlaf war nicht zu denken. Lilly stieg die Leiter des Bettes herunter. »Karlchen?«

»Hmmm?«

Lilly schlüpfte zu ihrer Schwester unter die Decke.

»Ich weiß jetzt, warum Finn hier ist!«, flüsterte sie.

»Was?« Karlchen schälte sich aus ihrer Decke. »Woher?«

Beim Schein der Taschenlampe erzählte Lilly Finns Geschichte. Sie berichtete, wie Fees Vater den Wildgänsen das Medaillon der Silberfuchsprinzessin nach Afrika mitgegeben hatte.

»Und Finn soll es zurückbringen!«, erzählte Lilly.

»Was ist ein Medeijong?«, fragte Karlchen mit großen Augen.

»Ein Anhänger«, erklärte Lilly. »So einer, den man aufmachen kann.«

In Karlchens Ohren begann es zu sausen. »Und das sucht Finn?«

»Ja, sonst darf er nie wieder nach Hause. Und wird Fee nie wiedersehen«, antwortete Lilly. »Aber die kleine Dame und ich wollen ihm bei der Suche helfen.«

Karlchen blieb still. Lilly wunderte sich ein bisschen. Wollte Karlchen denn gar nicht mitsuchen? Wollte sie Finn gar nicht helfen? Aber es war spät. Karlchen war bestimmt müde. Genau wie sie selbst.

»Na dann, Gut Nacht«, flüsterte Lilly und kletterte wieder nach oben.

Schnell versank Lilly in Schlaf. Karlchen aber wälzte sich hin und her. Nein, nein, nein, dachte sie ein ums andere Mal. Er ist es nicht! Ich gebe meinen Anhänger nicht wieder her!

Am nächsten Morgen vergaß Karlchen, ihr Türchen im Adventskalender aufzumachen. Beim Frühstück nuschelte sie etwas von Bauchweh und wollte nicht in

den Kindergarten. So kannte Lilly ihre Schwester gar nicht. Sie ahnte ja nicht, was Karlchen bedrückte.

Als Lilly später aus der Schule nach Hause kam, fing Karlchen sie im Flur ab. »Psst!«, machte sie und winkte Lilly ins Kinderzimmer.

Lilly folgte ihr. Die Gardinen waren zugezogen und es herrschte seltsames Dämmerlicht. Karlchen huschte in die Ecke hinter dem Etagenbett. Wollte sie Verstecken spielen?

»Karlchen?«

Hinten in der Ecke wurde ein Licht eingeschaltet. Lilly ging darauf zu.

»Ich zeig dir was«, piepste Karlchen.

Lilly hockte sich zu ihr. Da sah sie es: Es lag auf Karlchens Kuschelkissen. Die Kette war zu einer kleinen Schnecke um den silbernen Anhänger herumgelegt. Lilly starrte auf das fein gearbeitete Schmuckstück. Karlchen nahm es hoch und schnippte den Deckel auf.

»Man kann es aufmachen«, sagte sie. »Wie ein Medeijong.« Sie hielt es Lilly hin.

»Wo . . .? Wo . . .?«, setzte Lilly an, brachte den Satz aber nicht zu Ende.

Stefanie Taschinski

Als Hörbuch bei
Arena audio

Die kleine Dame feiert Weihnachten

Weihnachtspost von der Kleinen Dame! Lilly ist ganz aufgeregt, als sie entdeckt, was die Kleine Dame ihr geschickt hat: Es ist ein magischer Adventskalender! Hinter seinen Türchen warten nicht nur eine wunderbare Welt, sondern auch eine wichtige Aufgabe auf Lilly und Karlchen: Denn das Weihnachtsfest ist in Gefahr … Glücklicherweise steht den beiden die Kleine Dame zur Seite – selbstverplemplich!

96 Seiten • Gebunden
Mit farbigen Illustrationen
von Nina Dulleck
ISBN 978-3-401-06901-2

Arena

Hörbuch
Sprecherin: Katharina Thalbach
1 CD
ISBN 978-3-401-26901-6
www.arena-verlag.de

Jo Nesbø
Doktor Proktor

978-3-401-06304-1

Doktor Proktors Pupspulver

Doktor Proktor ist ein verrückter Professor. Na ja, beinahe vielleicht – eigentlich ist er ein genialer Erfinder! Es wird schließlich nicht alle Tage ein Pupspulver erfunden, das man sogar als Raketenstarthilfe an die NASA verkaufen könnte. Davon sind zumindest Bulle und Lise fest überzeugt! Wären da bloß nicht die fiesen Zwillinge Truls und Trym, die sich das Pupspulver unter den Nagel reißen wollen.

978-3-401-06330-0

Doktor Proktors Zeitbadewanne

Wer mit dem genialen Professor Doktor Proktor in einer Straße wohnt, dem wird es nie langweilig. Diesmal lernen Lise und Bulle eine weitere verrückte Erfindung kennen: die Zeitbadewanne! Man muss nur Wasser einlassen, warten, bis die Zeitseife ordentlich schäumt, dann untertauchen und – wutsch! – befinden sich die beiden Kinder auf einer unglaublichen Reise durch Raum und Zeit.

978-3-401-06339-3

Doktor Proktor verhindert den Weltuntergang. Oder auch nicht ...

Lise, Bulle und Doktor Proktor sind sich einig: Irgendetwas geht in Norwegen nicht mit rechten Dingen zu. Erst zieht ein verrückt gewordener Kapellmeister alle Menschen in seinen Bann. Dann verspeist der Kunstlehrer plötzlich mit Vorliebe Insekten. Für die drei Helden aus der Kanonenstraße ist klar: Irgendjemand muss die Welt vor ihrem Untergang bewahren – auch wenn das alles andere als einfach ist…

Arena

Als Hörbücher im Hörverlag

Jeder Band:
Gebunden.
www.arena-verlag.de

Stefanie Taschinski

Als Hörbuch bei
Arena audio

Die kleine Dame auf Salafari

Weißt du, was eine Salafari ist? Salafari ist, wenn die kleine Dame in die Ferien fährt. Natürlich zusammen mit Lilly und der ganzen Familie Bär! Aber dann heften sich Knödel und Senfei an ihre Fersen, zwei sehr verdächtige Gestalten. Und plötzlich ist auch noch Chaka, das Chamäleon, verschwunden. Doch die kleine Dame wäre nicht die kleine Dame, wenn sie diese Angelegenheit nicht ganz schnell in den Griff bekäme. Selbstverplemplich!

168 Seiten • Gebunden
Mit farbigen Illustrationen
von Nina Dulleck
ISBN 978-3-401-06645-5

Arena

Hörbuch
Sprecherin: Katharina Thalbach
2 CDs
ISBN 978-3-401-26645-9
www.arena-verlag.de

Stefanie Taschinski

Als Hörbuch bei
Arena audio

Die kleine Dame

Als Lilly mit ihrer Familie in das alte Haus mit der goldenen Brezel zieht, ahnt sie nicht, dass im verwunschenen Hinterhof eine magische Nachbarin wohnt. Die kleine Dame besitzt ein 1000jähriges Chamäleon, kann sich unsichtbar machen, beherrscht allerlei zauberhafte Handgriffe – doch vor allem hat sie den Schalk im Nacken! So beginnt für Lilly ein Sommer der wunderbaren Abenteuer.

160 Seiten • Gebunden
Mit farbigen Illustrationen
von Nina Dulleck
ISBN 978-3-401-06481-9

Arena

Hörbuch
Sprecherin: Katharina Thalbach
2 CDs
ISBN 978-3-401-26481-3
www.arena-verlag.de

Stefanie Taschinski,
geboren 1969, studierte Geschichte, Soziologie und Drehbuch. Die erfolgreiche Drehbuchautorin lebt mit ihrem Mann und ihren zwei Töchtern in Hamburg. Und seit die kleine Dame in ihr Leben spaziert ist, schreibt sie mit Begeisterung Kinderbücher.

Von Stefanie Taschinski ist im
Arena Verlag bereits erschienen:
Die kleine Dame
Das gleichnamige Hörbuch ist bei Arena audio erschienen.

Nina Dulleck,
Jahrgang 1975, zeichnet, seit sie einen Stift halten kann.
Sie ist verheiratet, hat drei Kinder und
lebt in Rheinhessen inmitten
von Kirschbaumplantagen und Weinbergen.
www.ninadulleck.de